소
년

SHONEN
by KAWABATA Yasunari

# 소년

가와바타 야스나리 지음

정수윤 옮김

少年

# 차
# 례

**일러두기**

1. 이 책은 《川端康成全集第十卷》(新潮社, 1980)을 저본으로 사용했습니다.
2. 소설에 등장하는 작품명은 모두 원서 표기에 따라 〈 〉로 표기했습니다.
3. 본문의 주는 독자의 이해를 돕기 위해 옮긴이가 작성했습니다.

1

나는 올해로 쉰 살이 되었는데, 이를 기념하며 전집을 간행하기로 했다. 마흔 살 쉰 살 이렇게 10년씩 생애를 구분 짓는 건 일종의 편의이자 감상이며, 대체로 인간의 태만한 습성에 불과해서, 내 정신의 진실로는 내키지 않지만, 이런 관습의 파도에라도 젖지 않으면 살아생전에 전집을 낼 기회는 좀처럼 오지 않으리라.

쉰 살이라는 나이의 실체와 실감은 무엇일까. 누구도 정확히 파악할 수는 없다. 하지만 그것은 확실히 존재하며 아울러 쉰 살에 접어든 사람이라면 누구나 가지고 있을 게 분명하다. 이는 사람마다 제각기 다르겠으나 시대의 흐름으로 보자면 쉰 살인 사람 모두가 똑같다고도 볼 수 있다.

똑같다는 생각은 하나의 구원이 되기도 한다.

아무튼 나는 여태껏 내 나이에 대해 제대로 깊이 있게 생각해 본 적이 없다. 내 안에서 생각해 볼 필요를 찾아내지 못한 것인지, 내가 생각해 볼 동기와 맞닥뜨리지 못한 것인지, 나에게 생각해 볼 지능이 없는 것인지.

오히려 어릴 때 더 생각했던 듯하다. 나의 소년 시절 비애는 요절에 대한 두려움이었다. 부모가 단명했다는 사실이 늘 나를 따라다녔다. 쉰 살이 된 나는 이미 아버지와 어머니보다 오래 살았다. 두 분이 몇 살에 돌아가셨는지는 정확히 기억나지 않지만…….

용케 쉰 살까지 살았구나 싶다. 칠삭둥이로 태어나 할아버지 할머니 손에서 풀솜에 싸 기르듯 자란 극도로 병약한 아이가 50년을 살아왔다는 것만으로도 뜻밖의 행운이라 할 수 있으리라.

내 주변에 시체가 겹겹이 쌓여 간다는 느낌도 쉰이 되면서 깊어졌다. 문학판의 동료들이 잇달아 죽어 나갔다. 다들 나보다 체격이 좋았다. 죽는 사람이 하도 많으니, 목숨만 붙어 있어도 언젠가는 행운이 찾아올 거라는 생각도 강해졌다. 누군가를 만나는 건 어려운 일이고, 헤어지지 않는 건 더 어려운 일이지만, 오래 산다면 살아서 다시 만날 수 있으리라.

스물세 살에 처음 작품을 발표한 이래 25년 남짓 작가 활동을 거쳐 쉰 살에 전집이 나오는 것도 유위전변(有爲轉變)[1]이 격심한 요즘 시대에 다시 없을 운이라 하겠다.

소학생 시절 조부는 가노 모토노부[2] 같은 사람 이야기를 들려주며 화가가 되는 게 어떻겠냐 했고, 나도 그럴 생각이었는데, 중학교[3] 2, 3학년 무렵 내가 먼저 소설가가 되고 싶다고 조부에게 말했고, 그것도 괜찮겠다고 허락하신 걸 기억하고 있으니, 아무튼 스스로 세운 최초의 결심을 밀어붙여 딴 길로 새지 않았다는 점만큼은 인생에서 나 자신과의 약속을 지켰다고 할 수 있겠다. 나의 천성에 가장 어울리는, 다시 말해 축복받은 시대에 태어났는지 어쨌는지는 의심스럽지만……

이것도 나이 탓인지, 나는 요즘 사람을 그 생애의 흐름에서 보고, 현재를 역사의 흐름에서 보는 버릇이 들었다. 전쟁을 거친 탓인지도 모르겠다. 현재를 파악하기 위해 과거와 미래를 아우르는 긴 시간의 척도를 꺼내 오는 일도 종종 생겼다.

---

1    세상 모든 건 변화하는 와중에 있으며 어느 것 하나도 같은 상태에 머무르지 않음을 뜻하는 불교 용어.
2    동양화에 일본화 기법을 도입하여 크게 성공을 거둔 무로마치 시대 화가.
3    당시 학제로 5년제였으며 6년제 소학교를 졸업한 남학생이 다녔다. 여학생은 4년제인 고등여학교로 진급했다.

어차피 인간에게 일어나는 일이란 그리 대단할 게 없다고 내가 말하면 젊은이들은 놀라곤 하는데, 그런 반응에 내가 다시 놀란다. 조금 더 멀리 생애를 보고 역사를 보면, 그와 같은 전쟁까지 지나온 지금, 인간의 불행이나 비운에 대한 고찰도 바뀌리라. 태어난 시대라는 것도 운명의 큰 부분임을 느낀다.

나는 소설가로 살아가고 있는데, 예를 들어 소설은 〈겐지 모노가타리〉[4]에서 사이카쿠[5] 사이에 공백이 크다. 가마쿠라 시대나 무로마치 시대에 태어난 사람들은 상황이 좋지 못했다. 가마쿠라 무로마치 사람 모두가 무라사키 시키부나 사이카쿠보다 인간성이며 천성이 뒤떨어진다고는 할 수 없다. 무라사키 시키부와 함께 궁정에서 한문을 쓰던 남자들이 이 여성보다 감수성이 떨어진다고도 할수 없다. 사이카쿠가 나타나기 전과 후의 시대를 살았던 작가들이 모두 사이카쿠보다 재능이 부족했다고도 단정지을 수 없다.

---

4    헤이안 시대 궁정 여성 무라사키 시키부의 작품으로 10세기 교토 조정에서 화려한 연애를 펼친 미남자 겐지를 중심으로 당대의 삶과 사랑을 그렸다. 공식적인 문서에서 주로 쓰던 한문체가 아닌, 여성들이 널리 쓰던 부드러운 히라가나로 쓰였다.
5    에도 시대를 풍미한 17세기 이야기꾼. 재치 넘치는 대사와 골계미 있는 표현으로 대중에게 널리 사랑받았다. 대표작으로 《호색일대남》, 《호색오인녀》, 《세간의 속셈》 등이 있다.

선생 중 공습이 점점 거세지던 와중에 나는 등화관제[6]로 캄캄한 밤, 혹은 요코스카선 열차에 오른 무참한 모습의 승객들 속에서 〈겐지 모노가타리 고게쓰쇼〉[7]를 읽었다. 오래된 목판의 크고 부드러운 가나 글씨가 그 무렵 등불이나 나의 신경과도 잘 어울렸다. 나는 그 책을 읽으며 오래전 유랑하던 요시노 조정[8] 사람들과 전란에 시달리던 무로마치 시대 사람들이 〈겐지 모노가타리〉를 감명 깊게 읽었던 것을 떠올렸다. 경보가 울려 사방을 둘러보러 나왔다가 빛 한 점 새지 않는 좁은 골짜기에 가을인지 겨울인지 달빛이 차갑게 쏟아지던 밤, 방금까지 읽고 있던 〈겐지 모노가타리〉가 마음에 일렁이고, 오래전 비탄에 잠겨 〈겐지 모노가타리〉를 읽었을 옛사람의 마음이 사무치게 다가와, 나는 흐르는 전통과 함께 살아가야겠다는 생각이 들고는 했다.

---

6  적에게 노출되는 것을 막기 위해 민간 및 군사 시설의 조명 사용을 제한하는 일.
7  기타무라 기긴이 1673년에 편찬한 겐지 모노가타리의 주석서.
8  고다이고 천황이 가마쿠라 막부로부터 조정의 힘을 되찾아 오기 위해 거병한 싸움에서 패하여 나라현 남부 요시노에 세운 조정. 1336년부터 1392년까지 존재했으며 무사의 지배를 받는 교토 조정을 북조, 정통성을 따르는 요시노 조정을 남조라고 불렀다.

조큐의 난[9] 때 준토쿠 천황[10]은 〈겐지 모노가타리〉를 두고 "불가설 미증유"의 작품이며 "온갖 예술과 도덕이 이 책에 있다"라는 말까지 남겼다고 한다. 가와치본[11]을 쓴 미나모토노 미쓰유키는 조큐의 난 때 조정 대신 편이었기에 하마터면 사형당할 뻔했다. 아오뵤시본[12]을 쓴 후지와라노 사다이에도 미쓰유키보다 한 살 많았으니 이 난의 파도를 피해 갈 수 없었으리라.

요시노 조정의 고다이고 천황, 고무라카미 천황, 그의 생모 신타이켄몬인 등이 수행하던 〈겐지 모노가타리〉 연구, 조케이 천황이 쓴 〈센겐쇼〉[13], 싸움에 패하여 달아나는 남조[14]가 〈겐지 모노가타리〉를 읽었을 요시노 인근 산천이, 나는 밝은 달빛 아래 보이는 듯했다.

---

9   1221년, 연호로는 조큐 3년에 일어난 난으로 귀족을 이끄는 고토바 상황이 가마쿠라 막부에 대립하여 벌인 항쟁. 일본 역사상 처음으로 조정 대신과 무사 정권 사이에 벌어진 무력 싸움으로 승리는 무사에게 돌아갔으며, 이후 가마쿠라 막부가 조정 권력을 좌지우지하게 되었다.

10   조큐의 난에서 패한 고토바 상황의 아들.

11   《겐지 모노가타리》의 필사본 가운데 오사카 일각에 뿌리내린 가와치 겐지의 씨족이 썼다고 알려진 책.

12   《겐지 모노가타리》의 필사본. 푸른 표지의 책이라는 이름은 사다이에가 책 표지로 푸른색을 쓴 데서 유래한다.

13   1381년 요시노 조정에서 집필한 《겐지 모노가타리》의 주석서.

14   무사가 장악한 교토 조정인 북조를 피해 천황을 필두로 한 귀족이 세운 요시노 조정.

오닌의 난[15] 부렵 소기[16]와 그 문파의 렌가시[17]가 여행을 떠날 때도 〈겐지 모노가타리〉는 길동무가 되었다. 또한 산조니시 사네타카[18]가 옮겨 적은 〈겐지 모노가타리〉가 도카이도나 산요도를 굽이굽이 내려가는 모습을 나는 머릿속으로 그려 보았다. 사네타카의 필체로 남은 〈겐지 모노가타리〉의 여행을 나는 소설로 쓰고 싶었지만 뜻을 이루지 못했다. 히가시야마 시대의 상징과도 같은 미소년 장군 아시카가 요시히사[19]에게 각별한 애정을 느낀 것도 패전의 삶을 살았기 때문인지 모른다. 무로마치 시대 후반의 장군들이 비참한 운명에 내몰린 기록을, 나는 심취해 읽기도 했다.

나는 1899년에 태어나 1948년에 쉰 살이 되었다. 〈겐지 모노가타리〉에서 사이카쿠로 건너뛰고, 사이카쿠에서 누군가로 건너뛰었다면, 그 누군가는 나와 같은 시절을 사는 사람일까. 나는 아직 모르겠다.

---

15   1467년부터 1477년에 걸쳐 여러 무사 집안의 권력 다툼으로 벌어진 내전.
16   무로마치 시대에 렌가를 짓던 문인.
17   렌가는 5·7·5의 홋쿠와 7·7의 와키쿠를 여러 사람이 교대로 이어서 부르는 전통 시가의 한 형식으로 렌가 짓는 사람을 렌가시라고 한다.
18   무로마치 시대 후기에서 전국 시대에 걸쳐 조정 대신으로 일하다 출가했다.
19   무로마치 막부의 제9대 쇼군. 제8대 쇼군인 아버지 요시마사가 아들에게 권력을 물려주기 위해 오닌의 난을 일으켰다. 히가시야마 시대는 이들이 교토 히가시야마에 궁궐을 짓고 살았던 시기를 이르며 예술품을 애호하고 보존하는 시대였다.

## 2

살아생전에 내는 전집이므로 작가인 내가 직접 편집을 맡아서 지난 25년 동안 쓴 오래된 원고를 쭉 한번 훑었다. 내가 쓴 작품 전체를 살펴볼 기회는 이제껏 없었다. 어쩔 수 없는 상황이 아니고서야 자기 작품은 다시 읽을 게 못 된다. 나는 내 작품이 잡지나 책에 활자로 실린 직후 곧장 읽지는 않는다. 반년이나 1년쯤 시간이 흘러 마음도 느슨해지고 기억도 가물가물해지지 않으면 쓸 때 느꼈던 괴로움이 생생하게 되살아난다.

이런 나도, 긴 시간이라는 척도를 가끔 끄집어내게 된 지금, 오래된 원고를 모아서 읽자 예상치 못한 감회에 휩싸였다. 나는 기억력이 나빠서 추억도 많지 않은데, 평소와 달리 기억이 되돌아와 옛 추억에 잠기는 건 완전히 생소한 경험이었다.

작가로서 세상에 내놓은 것들뿐만 아니라 그 이전에 쓴 것들도 이번에 끄집어내 놓았다. 주로 중학 시절 일기인데 그 당시 소설 흉내를 많이 냈다. 1913년에서 1914년, 열다섯 살에서 열여섯 살 봄까지 쓴 중학교 2학년 글쓰기 공책 속에, 1912년, 열네 살 때 소학교 6학년 작문 두 편을 옮겨 적은 것이 있고 이것이 가장 오래된 글 같다.

〈미노오산〉과 〈가을 모기〉라는 제목 위에 '수를 받음'이라고 적혀 있는데, 40년 전 시골 소학교 학생의 작문이라 딱히 볼 것 없는 평범하고 유치한 문어체지만, 지금까지 보존되어 있다는 사실은 나로서도 의외였다.

눈먼 할아버지와 문맹인 하녀 할머니의 편지를 대필하기 위해 썼던 연습용 수첩도 찾았다. 할아버지가 연하장에,

'소생도 벌써 일흔다섯 살에 접어들어 가까스로 생명을 유지하고 있습니다.'

라고 쓴 것을 보고 내가 열여섯 살 때임을 알았다. 그해 1월 8일, 나의 외삼촌 앞으로 띄운 다음과 같은 편지가 있다.


일금 46엔 정          1월2일분

　그 밖에 일금 130엔 정

　　다만 이는 8월 말까지의 생활비 명목

　상기 금액에 대한 영수증임          조부 서명

　　외삼촌 앞


안녕하십니까. 일전에 부탁드렸던 생활비를 부디 부쳐 주십시오. 지금 돈이 몹시 궁한 형편입니다. 여러 차례 돈을 받아 맡겨 둔 금액이 줄어드는 건 당연한 이치이지만,

지금은 어쩔 수 없는 상황입니다. 아울러 8월 말 이후로도 매달 곤궁하여, 물품을 사러 가서 장부에 외상을 하고 오는데, 그러면 나중에 또 그만큼 돈이 부족해질 것은 불을 보듯 뻔합니다. 아껴 쓴다고 아껴 써도 한 달에 23엔 가지고는, 쌀값이 10엔, 석탄과 그 밖의 잡다한 용품, 아울러 집안일로 고용한 노파에게 매달 3엔, 그 밖의 일꾼에게 돈을 내야 하니까 정말이지 터무니없이 부족합니다. 부디 저희를 불쌍히 여겨 도와주십시오. 아무리 곤궁하여도 할아버지의 품에서 손자를 떠나보낼 수는 없습니다. 이 늙은이는 절약은 물론이요, 매끼 국에 밥만 먹고 있습니다. 이 이상 안 먹을 수는 없습니다. 야스나리도 매일 우메보시만 먹어서는 몸이 견디지 못할 터, 저녁만큼은 채소를 먹이고 있습니다. 부디 저희를 가엾게 여겨 주십시오. 이만 줄입니다.

        1월 8일                                    조부 서명

        외삼촌 및 지배인 귀하

        추신. 이 늙은이가 요전에 찾아가 얼굴을 뵈었을 때 친절하게 이야기를 나눠 주셔서, 앞으로 어떻게든 되겠다 싶어 마음이 편안하고 든든했습니다. 부디 향후 잘 부탁드립니다.


**돌아가신 내 어머니의 돈을 두 외삼촌이 맡아 두고 있**

었고, 나와 할아버지는 그분들이 다달이 보내 주는 돈으로 살아가고 있었다. 이 편지를 보면 1914년에 매달 받은 돈이 23엔이었다는 걸 알 수 있다. 할아버지가 '국에 밥만 먹고 있다'거나, 내가 '우메보시만 먹어서는 몸이 견디지 못할 터'라고 한 건 돈을 받아 내기 위해 과장한 면도 적지 않은 듯하다. 할아버지는 나와도 상의해서 가련한 느낌이 나는 단어를 넣었다. 하지만 턱도 없는 거짓말을 늘어놓은 건 아니었다.

할아버지는 편지를 쓴 해 5월 24일 밤에 돌아가셨다.

할아버지의 죽음이 다가오는 나날을 적은 나의 〈열여섯 살 일기〉라는 작품은, 전집을 내면서 들춰낸 일기들 중에서 선별한 것이다. 이 〈열여섯 살 일기〉의 유래를 나는 다음과 같이 적었다.

'이 나날들의 기록은 외삼촌네 창고 구석에 있는 가죽 가방 속에 남아 있다가, 지금 나의 기억 속에 되살아났다. 이 가방은 의사인 아버지가 진찰 갈 때 들고 다니시던 것이다. 외삼촌은 최근 주식 실패로 파산하여 가옥까지 잃었다. 창고가 남의 손에 넘어가기 전에, 내 물건이 없나 싶어 뒤져 보다가 열쇠가 잠긴 이 가방을 발견했다. 옆에 있던 오래된 칼로 가죽을 찢자, 안에 나의 소년 시절 일기가 가득했다. 그 밖에도 이 일기가 섞여 있었다.'

여기서 말하는 외삼촌은 편지 속 외삼촌과 다른 사람이다. 편지 속 외삼촌은 요도강 남쪽에 살았고, 가방이 있던 집을 가진 외삼촌은 요도강 북쪽에 살았다.

또, 외삼촌이 가옥을 판 게 아니라, 외삼촌이 돌아가시고 사촌 형이 판 것이었다. 소설이었기에 외삼촌이 팔았다고 적은 것이리라. 가방 안에 일기가 가득했다는 것도 과장이 섞인 것이리라. 그렇게 많지는 않았던 것 같다. '그 밖에도 이 일기'라고 한 건 〈열여섯 살 일기〉가 원고지에 적혀 있어서 다른 일기장과 달랐기 때문인 듯하다. 〈열여섯 살 일기〉의 원문은 옮겨 적어 작품으로 발표했을 때 불태워 버렸다. 버리는 물건이나 다름없는 이런 일기를 예전에는 다시 읽은 적도 없고, 찾아본 적도 없다. 열어 볼 날이 있을지도 모른다는 약간의 미련으로, 나는 이런 고물을 30년 이상 보존하고 있었다. 전집 출판은 이것들을 소각할 기회가 되었다. 또 한번 죽 읽어 보는 기회가 되기도 했다.

예를 들면 〈열여섯 살 일기〉 22매째와 23매째를 이번에 발견해서 기념으로 전집 '후기'에 옮겨 적고 원문은 얼른 찢어버렸다. 작품으로서 〈열여섯 살 일기〉를 썼을 때는 어딘가에 뒤섞여 있던 것이다.

22매째와 23매째라고는 해도 원고지 칸 안에 한 글자 한 글자 채워 넣은 게 아니고, 칸과 상관없이 흘려 적었기 때문에 글자 수 계산은 되지 않는다. 아무튼 원고지에 쓰기는 썼다.

원고지에 써 둔 건 〈열여섯 살 일기〉 말고도 너덧 종류 있었다. 〈제1다니도슈〉는 1913년과 1914년, 열다섯 살에서 열여섯 살 사이에 쓴 신체시 모음집이고, 〈제2다니도슈〉는 같은 시기에 쓴 작문 모음집이다. 다음으로 1916년 9월 18일부터 1917년 1월 22일까지 쓴 일기가 있다. 열여덟 살에서 열아홉 살이 되던 1917년 무렵에 나는 중학교를 졸업했다. 그리고 〈유가시마에서의 추억〉이라는 제목의 글이 있다. 스물네 살 여름에 썼다. 이 이야기의 전반부를 스물여덟 살에 고쳐서 〈이즈의 무희〉라는 작품으로 완성했다. 후반부에는 중학 시절 기숙사에서 같은 방을 썼던 소년을 향한 사랑의 추억이 적혀 있다.

나는 이같이 쓸모없어진 원고를 모조리 소각할 기회를 얻은 것이다.


3


나의 아버지는 나니와[20]의 한학자 에키도 문하에서 공부했고 다니도(谷堂)라는 호를 썼다. 나의 〈다니도슈(谷

堂集)〉는 거기서 유래한다. 소년의 감상이다. 아버지의 다니도 도장은 많이 남아 있었고, 나의 〈다니도슈〉 표지와 뒤표지에도 다른 도장이 찍혀 있다.

〈제1다니도슈〉는 60매로 이루어졌고 신체시가 32편 있다.

그중에서는 〈독서〉라는 제목의 7·5조 6행 시가 가장 오래되었으며, 1912년 1월에 썼다. 내가 마구잡이로 책을 사는 게 사람들은 쓸데없는 사치라고 생각하지만, 그건 다 가슴속에 희망과 비애가 있기 때문이라고 어린아이처럼 항의하는 시였다. 당시 나는 열네 살이었다.

마지막에 〈애도의 시〉와 〈백골을 맞이하다〉라는 시가 있다. 〈애도의 시〉는 20절로 이루어진 장시다. 요도강 북쪽 사촌 누나가 구루메 사단[21] 기병 중위에게 시집을 갔다. 남편이 산둥으로 출정 간 사이 죽었다. 사촌 누나를 애도하는 시다. 시에 따르면, 사촌 누나는 둘째를 임신했고 스물세 살이었다고 한다. 1914년 9월 26일 저녁에 썼다. 〈백골을 맞이하다〉는 규슈에서 죽은 사촌 누나를 화장하여 뼈가 고향으로 돌아왔을 때 지은 시이고, 9월 30일에 썼다. 나는 열여섯 살이었고, 〈열여섯 살 일기〉에 쓴 것처

---

**20**    오사카를 이르는 옛 명칭.

**21**    후쿠오카현 남부 도시 구루메에 설치된 육군 부대.

럼 할아버지가 5월에 병으로 돌아가신 후 중학생 혼자 집 한 채를 건사하며 살 수 없었기에, 여름방학 때부터 외삼촌 댁에 맡겨지면서 사촌 누나의 뼈가 돌아온 집에서 기차를 타고 통학했다.

나는 어릴 때 이 사촌 누나의 아래턱을 밑에서 올려다본 기억이 있다. 아래턱이 뽀얗고 둥그스름해, 아름다운 사람이라고 느꼈다. 지금 생각하면 사촌 누나 형제들은 모두 아래턱뼈가 발달해 있었다. 죽은 누나도 그랬는지 모르겠는데, 내 기억 속에서는 희고 부드러운 아래턱이 향기처럼 허공에 떠다닌다. 옛 천사상처럼 살집이 보동보동했고, 머리에 후광이 있었던 것도 같다. 나는 이 누나를 만난 적이 거의 없어서 지금 생각나는 기억은 이것뿐이다.

그러나 〈애도의 시〉에는 아래턱을 노래한 구절 같은 건 없다. 개념적이고 감상적인 시구의 나열에 불과하다. 여기에 〈제1다니도슈〉의 시를 한두 편 다소 귀염성 있게 기념으로 옮겨 적을까도 생각했지만 아무래도 허영심이 허락하지 않았다. 이런 소용없는 물건을 나는 어째서 35년이나 간직하고 있었던 걸까. 이렇게 무의미한 과거를 그저 아무 생각 없이 보존하고 있는 건 이 외에도 많겠다는 생각이 들었다.

〈다니도슈〉에 쓴 시는 대체로 도손의 영향을 받았다.

볼 만한 게 있다면 도손을 흉내 낸 구절이 몇 군데 나온다는 정도다. 반스이[22]의 영향을 받은 부분은 적었고 도손을 따라 쓴 시보다 못했다.

〈도손 시집〉이라고 제목을 붙인 시는 400자 원고지로 4매이다. 할아버지가 돌아가신 날 밤, 그 머리맡에서 〈도손 시집〉을 읽었다고 되어 있다. 할아버지의 장례를 치르던 밤에도 〈도손 시집〉을 읽었다고 되어 있다. 그렇게 〈도손 시집〉은 나의 생애에 아로새겨졌다고 되어 있다. 〈도손 시집〉에 감사하고 시마자키 도손의 청춘을 동경한다고 되어 있다.

예를 들어 〈시인이 되리〉라는 시는 1914년 9월 14일 습자 수업 때 썼고, 〈도손 시집〉이라는 시는 9월 17일 국어 수업 때 썼으며, 〈백골을 맞이하다〉라는 시는 9월 30일 기하 수업 때 썼다——날짜에 수업 과목이 같이 적혀 있어서 이 〈다니도슈〉를 읽으니, 나의 회상이 더욱 생생해졌다. 이 시들은 대부분 수업 시간에 썼다. 미술 수업 중에도 쓰고, 영작문 수업 중에도 썼지만, 국어 수업 중에 쓴 게 제일 많았다.

중학생이던 나는 대부분의 수업 시간에 선생님의 눈

---

**22**　남성적인 한시의 시풍을 가진 시인 도이 반스이. 여성적인 시풍의 시마자키 도손과 비교되곤 했다.

을 피해 문학책을 읽었는데, 이런 신체시도 썼던 걸로 보인다. 그러나 시로서의 가치는 전혀 없다. 나의 시적 영혼에서 나온 시구는 한 소절도 찾아볼 수 없었다.


### 4


작문을 모은 〈제2다니도슈〉는 400자 원고지 36매로 이루어졌다. 중학교 2학년 때 쓴 것인데, 학교에 제출한 작문의 초고인 듯해서 한층 재미가 없다. 〈벗에게 등산을 권하다〉라는 여름방학 숙제 편지글로 시작해서 〈모모야마 왕릉참배기〉로 끝나는 식이다. 그 사이에 소학교 6학년 때 쓴 작문을 옮겨 적은 글이 두 편 끼어 있다.

그중 하나는 제목이 〈미노오산〉이다.

'미노오산은 도요노군 미노오무라에 있다. 예로부터 단풍이 유명하며, 아름다운 폭포로도 이름난 곳이다. 최근에는 오사카에서 전철이 뚫리고 동물원도 생겨 한층 명성이 높아졌다.

미노오역에서 조금 더 올라가면 한 줄기 계곡이 흐른다. 이걸 따라 1킬로 정도 올라가면 폭포에 닿는다. 길이는 30미터가 넘고, 절벽에 수정으로 만든 발을 걸어 놓은 듯한 장관이라 글로 다 표현할 수가 없다. 여름에는 한층 더 시원한 바람이 피부에 닿는다. 산중에는 단풍나무가 많아 가을이면 산골짜기 곳곳에 단풍으로 비단 자수가 놓인다. 계곡 좌우로 험준한 기슭에는 노목이 빼곡하고, 올려다보는 곳마다 거대한 바위가 여기저기 돌출되어 있어 장관을 이룬다. 계곡에도 돌과 바위가 많고, 맑은 물이 부서져 옥처럼 흩어지거나 옴폭하게 웅덩이를 이룬다. 동물원 내에는 수백 종의 진기한 동물이 있고, 여러 가지 즐길 공간도 있어 행락을 배가한다. 산꼭대기에 올라 굽어보면 까마득한 산과 들과 마을이 전부 내 정원인 듯하여 광활한 기분이 절로 든다.

그리하여 여행객이 사시사철 끊이지 않고, 특히 무더운 여름날과 단풍 드는 계절에는 인산인해를 이룬다.'

이런 식이다. 1912년 시골의 소학생은 이런 작품을 썼다. 중학생이 되어도 여전했다. 〈1913년과 1914년〉이라는 제목의 겨울방학 작문 숙제에도 나는 나 자신에 관한 것이나 나의 말은 하나도 쓰지 않았다.

사이온지 내각을 대신하여 1912년 12월 21일에 들어선 가쓰라 내각이 50일 만에 무너지고 야마모토 내각이 들어섰다. 헌정 옹호, 벌족 타파 운동이 일어나고, 수도에 화재나 습격과 같은 소동이 있었다. 반일 문제며 중국 반란 등으로 외무대신을 향한 비난이 거셌고, 아베 국장이 암살되었다. 기무라 중위와 도쿠다 중위가 항공계의 첫 희생자가 되었다. 이어서 민간 비행가 다케이시 고하가 추락 사고로 숨을 거두었다. 나도 박람회에서 다케이시 씨의 비행을 보고 몇 시간 뒤에 일어난 일이었다. 그러나 우리 항공계는 노비 평야에서 실시한 비행 훈련으로 진일보했다. 메이지 천황의 일주기가 다가오는 7월 10일에 아리스가와노미야 다케히토 친왕이 훙거했다. 가을에 가쓰라 총리가 죽었다. 11월에 도쿠가와 15대 쇼군 요시노부가 죽었다. 1913년은 천재지변도 많았다. 발칸, 중국, 멕시코 등지에 문제가 발생했다. ──이런 식으로 나는 1913년을 돌아보며 적었다. 그리고 1914년은 새로 천자가 즉위하는 의식이 거행된 해라고 쓰여 있다.

그러나 4월에 쇼켄 황태후가 붕어하여 즉위식이 이듬해인 1915년으로 연기되었다.

황태후의 장례식이 치러지던 날 밤에 나의 할아버지가 돌아가셨다.

그해 1914년에 제1차 세계대전이 일어났다. 도쿄역이 생긴 것도 그해였다.

예술가 중에서는 고다마 가테이, 시오이 우코, 가와바타 교쿠쇼, 모토오리 도요카이, 고도 도쿠치, 기무라 마사

코토, 이치카와 구메하치, 오쿠하라 세이코, 이토 사치오, 다케모토 오스미다유, 나카바야시 고치쿠, 오카쿠라 덴신 등이 1913년에 죽었다.

〈다니도슈〉에 실린 작문 가운데, 그 무렵의 나를 떠올리게 만든 건 〈봄밤 벗을 방문하다〉라는 글 한 편뿐이다.

'연일 시험에 쫓겨 한동안 벗을 찾아가기 힘들었지만, 오늘 밤만큼은 실컷 이야기를 나누자며 문을 나선다. 하늘 가득 물고기 비늘 같은 자잘한 흰 구름이 뒤덮여 있고 반달이 높이 떴다.' 우리 집에서 흰 매화 향기가 난다고 썼다. 길을 나서자, '신사 앞 삼나무가 밤하늘로 우뚝 솟아 있어서 신이 하늘에서 내려올 때 쓰는 다리 같다.'라고 썼다. 벗의 집은 신사 옆에 있었다. 방에 켜진 불이 반갑다. '형제 둘이 나란히 방에 있었다. 형은 책상 앞에서 두세 권 모범 문집을 참조하여 〈도시 학생 우열론〉의 퇴고에 열을 올린다. 나는 그 옆에서 도쿠토미 로카의 〈세이로슈〉를 펴서 한 시간 정도 읽다가, 벗의 작문이 끝난 뒤 언제나처럼 아버지 어머니까지 다섯 명이 화로에 둘러앉아 단란한 시간을 보낸다. 화제가 이리저리 뒤바뀌어 주마등 같다. 늘 그렇듯 이 집안사람들의 온정은 더없이 기쁘다. 부모도 없고 형제도 없는 나는 만인의 사랑보다 두터운 할아버지의 사랑과 이 집안사람들의 사랑으로 살았다. 담소는 서

너 시간 만에 끝이 났다. 달이 어렴풋하고', 이웃 마을 등불이 센리산 기슭에 반짝인다. '지푸라기에 이는 바람 소리가 멀리서 가까이서 높고 낮게 울고, 암흑 같은 만물이 무슨 말인가 하려다가 입을 다문다.'

1914년 3월 3일이라는 날짜가 적혀 있다.

지푸라기에 이는 바람 소리가 정말로 사방에서 들렸는지, 흔한 장식적 문장에 불과한지, 지금 나는 기억나지 않는다. '문을 나선다'라고 되어 있는데, 우리 집에는 문이 없었다. 떡갈나무로 산울타리를 쳐 놓았을 뿐이었다. 친구의 집에는 훌륭한 문도 있고 벽도 있었다.

밤에 이 친구의 집에 놀러 간 일은 〈오랜 뜰〉이라는 작품에도 썼다. 할아버지와 단둘이 사는 침울함에서 벗어나고 싶기도 했지만, 못 견디게 만나고 싶다는 갈망에 밤마다 이곳으로 이끌린 듯했다. 나보다 한 학년에서 두 학년 위인 형에게도, 나보다 한 학년 아래인 동생에게도 나는 친밀했고, 그건 이성을 향한 사모와 닮은 구석이 있었다. 소년의 애정은 대개 그러한 것이다. 나는 형제의 아버지 어머니에게도 마찬가지였다. 만나는 습관이 들어서, 만나지 않으면 마음이 차분해지지 않았다.

그러나 동성애 같은 일은 없었다.

# 5

1916년 9월 18일부터 1917년 1월 22일까지 쓴 일기에는 동성애의 기록이 있다.

1916년 12월 14일. 목요일. 흐린 뒤 비.

기상 종이 울리기 조금 전에 소변을 누러 갔다. 추워서 몸이 덜덜 떨렸다. 침상으로 들어가 세이노의 따뜻한 팔을 잡고, 가슴을 끌어안고, 목덜미를 껴안았다. 세이노도 잠결에 내 목을 세게 끌어안고 자기 얼굴 위에 내 얼굴을 포겠다. 내 뺨이 세이노의 뺨에 겹치고, 나의 마른 입술이 세이노의 이마와 눈꺼풀로 떨어졌다. 내 몸이 너무 차서 안타까운 모양이었다. 세이노는 가끔 무심히 눈을 뜨고는 나의 머리를 꼭 끌어안았다. 나는 세이노의 감긴 눈꺼풀을 빤히 바라본다. 달리 무슨 생각이 있어 보이지는 않았다. 30분 내내 이런 상태가 이어진다. 내가 원하는 건 그뿐이었다. 세이노도 내가 더 원하길 바라지 않는다.

눈을 뜨니 어쩐지 눈이 부시다.

어젯밤 열심히 영어를 예습했고 오늘 아침에도 한번 확인했기에 히라타 군에게 자신감 있게 설명할 수 있었다.

열심히 수업을 듣는다.

영문법 시간, 작문을 첨삭했으니 가지러 오라고 선생님이 말씀하셨다. 그러면서 아무래도 이 반에서는 영작문을 많이 써 본 세키구치와 호소가와가 제일 잘한다고 그러셨는데, 질문에 손도 들지 않고 마구 써 내려가기만 한 나는 냉소적으로 듣고 있었다. 기분이 무척 나빴다.

오후 들어 부슬부슬 비까지 내리고, 고약하게 춥다.

교토의 스즈무라에게 〈신초〉 증간 〈문단신기운호〉 보냈다.

모모세 책 대여점에 〈이마도 신주〉와 〈하이카이시〉를 반납했다. 그러는 데 10전을 쓰고 우표 한 장을 사서 나는 무일푼이 되었다.

반납한 소설은 주로 수업과 수업 사이 10분 쉬는 시간에 읽었다.

밤, 비가 그쳤다. 흐리다.


1917년 1월 21일. 일요일. 흐림. 무술대회.

나의 쉬이 질리는 습성은 이 일기에서도 드러난다. 작년 늦가을에 〈수난자〉를 읽고 받은 감명이 직접적인 원인이 되어, 빈약하더라도 어린 날의 흔적을 충실히 기록해 두

자는 진지한 결심에서 출발한 일기였는데, 요즘은 어째서 이렇게 게을러졌을까. 설날부터 7일까지 일어난 사건은 아직 다루지 못했다. 7일부터 오늘까지는 의무감에 억지로 썼다. 그사이 특별히 쓰고 싶은 게 없다거나, 고등학교 입학시험 준비로 여유가 없었다는 건 잘 꾸민 변명일 뿐이라고 내심 나를 책망한다. 다시 마음을 다잡고 써 나가고 싶다.

　오늘, 무술대회가 있었다.

　나의 부원 중에는 고이즈미가 이기고 스기야마가 이겼다.

　기숙사의 돼지가 도살당했다. 대회가 끝난 무렵 식당 뒤편 창고에 가 보니, 이미 살에서 떨어져 나온 보기 흉한 모피가 땅에 축 처져 있었다. 피는 커다란 통에 물과 섞여 기분 나쁜 색을 띠고 있었고 인광이 번뜩였다. 내장이 있다. 다리가 매달려 있다. 학교 일꾼이 교사들에게 팔 고기를 서둘러 썰고 있다. 아무리 돼지의 죽음이라도 대수롭지 않게 여기고 싶지는 않았다. 정말로 무엇 하나 아는 게 없다. 무엇 하나 아는 게 없다. 겸손한 마음으로 돌아가라. 그리고 조용히 탐구하자.

　고이즈미는 두통으로 자리를 깔고 누워 잠이 들었고, 스기야마도 방에 없는데, 세이노가 오구치에 대한 불만을

토로했다. 되도록 침착하게 여러 질문을 하면서 오구치가 세이노에게 과감한 행동을 요구한다——혹은 요구하려 한다는 사실을 알았다.

오구치도 끼어서 우리 부원들과 함께 간식을 먹는 밤이었다. 우리 방의 부원들은 소등 후에도 잠들지 않고 자습실과 열람실에서 공부했다. 오구치에게도 그 사실을 알렸다. 잠시 후 세이노가 혼자 먼저 방으로 돌아가 침상에 누웠다. 그러자 오구치가 "미야모토 들어왔나?"라고 하며 방으로 왔고, 내가 아니라 2학년 세이노라는 걸 알았으면서도, 세이노의 바로 옆 나의 침상——즉 세이노의 팔을 만지작거리기 위해 내가 항상 딱 붙여 깔아 두는 이불로 파고들어 세이노에게 말을 걸었다고 한다. 그 뒤로는 나도 묻고 싶지 않았지만, 세이노가 간간이 꺼내는 말로 어떤 상황인지 짐작이 갔다. 세이노가 상대해 주지 않았기에 오구치는 결국 그냥 돌아갔다.

세이노가 무척 분한 듯 호소했고, 또 오구치를 인간도 아닌 것처럼 욕하는 것으로 보아, 오구치가 고의로 세이노의 침상을 노리고 기분 나쁜 행위——나에게 이렇게 말할 권리를 달라.——기분 나쁜 행위를 범하려 한 건 확실한 듯하다. 세이노의 이야기를 들으며 나의 심장은 크게 요동쳤다. 한편으로 세이노가 호소하며 드러내 보인, 나를 향한 신뢰와 연모의 정에 나는 그만 그를 부둥켜안고 감사하고 싶은 심정이었다.

정좌법[23] 시간에도 상상은 기운차게 뻗어 나가 생각이 꼬리에 꼬리를 물었다. 출발은 오구치를 향한 미움과 세이노를 향한 사랑이 양극단으로 쭉쭉 달려간다. 오구치를 향한 분노는 절교하자는 생각으로까지 격화되었다. 그러나 나는 과연 오구치를 원망할 만큼 깨끗한 사람인가. 나의 망상이 어떠한 형태로든 낱낱이 드러난다면, 나는 얼굴을 붉히지 않고 얼마나 버틸 수 있을까. 육체의 고민 없이 미소년 미소녀를 바라본 일이 한 번이라도 있었던가. 기회가 있을 때마다 다카기, 후쿠에이, 니시카와……를 보는 나의 눈은 무슨 감정을 나의 마음에 전달했나. 또 세이노를 보면서 음탕한 마음을 품지 않았다고 어찌 말할 수 있을까. 종이 한 장 차이까지 간 적 없다고 말할 수 있나. 그러나 이러한 반성도 나의 분노를 억누르는 데는 아무런 도움을 주지 못했다. 나는 그저 세이노를 오구치보다 더 사랑하고 있고, 특히 내가 오구치와 다른 점은 세이노로부터 깊이 사랑받고 있다는 사실이다. 세이노는 나에게 모든 걸 허락하니까, 내게 온통 매달리니까, 이 변명을 유일한 내 편으

---

**23** 정좌하고 호흡을 조절하며 정신을 수양하는 방법.

로 삼았다.

문득 고이즈미가 혼자 방에서 자고 있고, 오구치도 마찬가지로 옆방에서 푹 잠들어 있다는 데 생각이 미치자, 갑자기 불안해져서 더는 정좌하고 있을 수가 없었다. 정좌법이 끝나자마자 방으로 달려가 전등불을 켜고 고이즈미의 자는 얼굴을 살폈다.

세이노와 손을 잡고 눕기 위해 오늘 밤은 소등하자마자 서둘러 잠자리에 들었다.

오구치를 꺾었다는 우월감을 느끼며, 세이노의 팔을 꼭 껴안고 잠에 빠졌다.


이 일기는 1월 22일에 끝난다. '다시 마음을 다잡고 써 나가고 싶다.'라는 결심은 그날로 끊어졌다.

1917년에 나는 열아홉 살이었고 중학교 5학년이었다.

그 전년도에 열여덟 살의 주조 유리코[24]가 처녀작 〈가난한 사람들〉을 쓰보우치 쇼요의 추천으로 〈주오코론〉에 발표했다. 그해 열아홉 살의 시마다 세이지로가 장편소설 〈지상〉을 이쿠타 초코의 추천으로 신초샤에서 출판했다.

---

**24**　당시에 샛별처럼 떠오른 여성 소설가 미야모토 유리코의 어릴 적 이름. 결혼 전 성이 주조였고 결혼하면서 남편 성을 따라 미야모토를 썼다.

같은 해 두 사람의 출현은 시골 중학생인 나를 충격에 빠뜨렸다. 그러나 나의 열여덟아홉 살 일기를 30년가량 지나 쉰 살에 읽는 지금, 나도 그 노골적인 필체에 조금 놀라고 있다.

게다가 세이노 소년과 있었던 일은 〈유가시마에서의 추억〉에도 장장 6, 70매가 적혀 있다.

〈유가시마에서의 추억〉을 썼을 때 나는 스물네 살의 대학생이었다. 또 나는 고등학생 때 세이노 소년에게 보내는 편지를 작문으로 제출했다. 선생님에게서 채점을 받고 나서 실제로 세이노에게 편지로 보냈다고 기억한다. 그러나 세이노에게 보여 주고 싶지 않았던 부분은 나에게 남아 있다. 그게 오늘까지 보존되어 있고, 400자 원고지 20매째에서 26매째까지다. 30매 전후의 긴 편지였던 것으로 보인다. 서간체를 빌린 추억의 기록이다.

그러고 보면 나는 세이노 소년과의 사랑을, 그 일이 있었던 중학생 때 쓰고, 고등학생 때 쓰고, 대학생 때 쓴 셈이다.

그리하여 쉰 살이 된 지금 전집을 내면서 이 세 종류의 글을 다시 읽으니, 개인적으로 감개무량하다. 셋 다 단편이고 미숙하지만, 그저 불태워 버리기에는 아쉬움이 남는 것 같다.

# 6

작문으로 제출한 이 편지글은 고등학교 1학년 때 쓴 듯하다. 내가 열아홉 살 되던 해 9월부터 스무 살이 된 7월 사이다. 그 무렵 고등학교 입학은 9월이었다.

26매째 편지글은 후반부만 남아 있고 전반부는 찢겨 나갔다. 전반부는 세이노에게 보냈으리라.

내가 가지고 있는 6매 반을 여기에 옮겨 적는다.


너의 손가락을, 손을, 팔뚝을, 가슴을, 뺨을, 눈꺼풀을, 혀를, 치아를, 다리를 애착했다.

나는 너를 사랑했다. 너도 나를 사랑했다고 해도 좋다.

너도 이제 알겠지만, 같은 기숙사에서 상급생과 하급생, 방장과 부원이라는 우리 관계는 제삼자도 금세 추측할 수 있으리라.

신학기 봄, 우리가 같은 방을 쓰기 시작했을 때부터 가키우치와 스기야마는 내 옆자리에서 자는 걸 피했다. 스기야마는 병이 있어서 그랬다는 게 곧 밝혀졌다. 가키우치가 왜 그랬는지는 지금도 모르겠다. 조숙한 가키우치는 상급생과 하급생의 관계를 잘 알고 있어서 그랬을지도 모르고. 또 가키우치는 너하고 같은 2학년이면서(한 학년 낙제 하긴 했지만) 너를 원했던 것 같으니, 그런 이유 때문인지도 모르겠다. 물론 나중에는 가키우치도 스기야마의 병을 못 참겠다면서 너한테 잠자리 위치를 바꿔 달라고 하기는 했지.

언제나 잠자코 내 옆에서 잠든 건 너였다.

가키우치가 퇴학하고, 고바야시가 가키우치 대신 우리 방의 부원이 된 뒤로, 고바야시와 스기야마는 자리에 눕자마자 잠이 들었고, 우리는 밤새도록 이야기를 나누었지. 특히 늘 남이 뭘 하는지 살피는 스기야마는 소등 후에도 공부하느라 밤늦도록 방으로 돌아오지 않는 밤이 많았다.

정신을 차려보면 어느새 나는 너의 팔뚝과 입술을 범하고 있었다. 나를 허락한 너는 순진해서 부모님에게 안겨 있는 것처럼 느꼈을 거다. 아니면 지금쯤 그런 일은 까맣게 잊었을까. 하지만 내가 당했을 땐 너처럼 그렇게 순진하지 못했어.

(지금 내가 너와 같이 있다면, 이런 말은 꺼낼 생각조차 하지 못했겠지. 하지만 너는 내가 떠난 뒤로 기타미를 방장으로 하여 기쿠가와, 아사다와 한방을 쓴다고 들었다. 기쿠가와, 아사다는 내가 있을 때부터 기숙사에서 소문난 미소년이어서 상급생의 주목을 받았지. 게다가 기타미는

틈식한 5학년이 아니라 비슷비슷한 4학년이거든. 자기 방 후배들을 지킬 힘이 있겠느냐고. 나는 정말로 걱정이었다. 그리고 너도 상급생의 추악한——나는 추악하다고 쓸 용기가 없지만——추악한 요구를 맞닥뜨리거나, 혹은 기쿠가와, 아사다가 맞닥뜨리는 꼴을 보았다고 생각해서 이 글을 쓴다. 시마무라가 보낸 편지를 보면 신입생 가운데도 아름다운 소년이 있는 듯하고 상당히 어지러운 상황 같더군. 네 편지에서도 그런 분위기가 전해졌다.)

물론 나는 너에게, 팔뚝, 입술, 사랑 따위 단어는 단 한 마디도 꺼낸 적이 없고, 늘 어느 틈엔가 몸이 다가와 있는 상황이었다. 거기서 더 나아가 관계를 맺는 건 상상만 했지 실현할 생각은 꿈에도 하지 못했지. 그건 네가 더 잘 알 거다.

하지만 나는, 하급생을 찾아 헤매는 상급생 세계의 밑바닥까지 들어가고 싶진 않았고, 혹은 들어갈 수 없었고, 우리들의 세계에서 할 수 있는 최대한으로 너의 육체를 탐하고 싶어 무의식적으로 다양하고 새로운 방법을 발견했다. 아아, 나의 이런 새로운 방법을 너는 얼마나 순진무구하고 자연스럽게 받아 주었는지. 나의 최대한이 너에게 털끝만 한 의심이나 혐오도 일으키지 않았다, 그런 너는 나에게 있어 구도의 신이었어. 아아, 너는 나를 그토록 사랑해 주었기에, 거기서 더 나아가는 관계를 요구하더라도 쭉 나를 믿어 줄 것 같았지. 너는 나의 인생에서 신선한 충격이었다.

하지만 혀나 다리와 육체의 밑 사이에는 어떤 차이가 있을까. 그저 내가 겁쟁이라 가까스로 꼭 끌어안으며 참은 건 아니었던가 하고 자책하고 있다.

여성의 손길이 닿지 않는 집안에서 자라 성적으로 병적인 면이 있었을지도 모르는 나는, 어릴 때부터 음란한 망상을 하며 놀았다. 아름다운 소년을 보며 범상치 않게 기이한 욕망을 느꼈던가. 수험생 무렵까지는 소녀보다 소년에게 더 매력을 느낀 적이 있었고, 지금도 작품 속에 그런 정욕을 다루어 보자고 마음먹고 있다. 네가 여자였다면 얼마나 좋았을까. 그런 애처로운 생각도 참 많이 했지.

그토록 내게 착 붙어 있던 너의 몸을 두고 떠나야 했을 때, 나는 도덕적으로 청결해졌음을 순진하게 기뻐했던가. 한동안은 외롭고 쓸쓸한 허전함이 제일 컸던 게 아닐까. 이렇게 쓰기도 괴롭다.

가키우치와 헤어졌을 때는 노골적인 허전함이 먼저였던 것 같다.

신학기에 우리 방의 부원이 결정되었을 때, 너도 귀엽기는 했지만, 여성스럽고 요염해서 항상 욕실에서 동경만

하던 가키우치가 우리 방에 온다는 것에 희미하면서도 확실한 기쁨을 느꼈다.

가키우치는 너와 달리 상급생에 대해 잘 알고 있었지. 나에게 언제든 몸을 허락하겠다는 몸짓을 보이기에, 오히려 내가 더 안절부절못했다.

너는 그해 7월의 밤, 가키우치가 어땠는지 기억할까. 가키우치는 4, 5학년 형들로부터 뭇매를 맞았어. 죽은 것처럼 쓰러져 땀으로 축축이 젖은 몸을 내가 안아 일으켜 업고 냉수 욕탕으로 갔다. 물을 끼얹어도 내 무릎 위에 축 처져 있었지. 땀에 젖은 잠옷을 입힐 수가 없어서 맨몸을 등에 업었는데, 너무 지쳐 있었던 탓인지 아니면 내게 안기려는 것인지 엉망으로 엉겨 붙는 가키우치를 이러지도 저러지도 못한 건 내가 겁이 많은 탓이야. 가키우치도 나의 비겁함을 남몰래 비웃었겠지.

여름방학이 시작되기 전, 그토록 끔찍한 일을 당했던 가키우치와 방학 동안 헤어져야 한다는 생각에 나의 동정심과 관능적 애착은 더욱 깊어져, 기나긴 편지를 몇 번이나 썼다. 9월에는 다시 나의 부원으로 돌아오라고 했지만, 가키우치는 방학 이후 학교를 그만두었지. 나는 또 편지를 썼다. 그리고 교장에게 불려 갔어. 가키우치는 가정 사정으로 학교를 그만두었고 본인은 오히려 이참에 학교를 퇴학한 걸 잘 되었다고 생각하고 있으니, 친절한 편지로 가키우치를 힘들게 하지 말라는 소리였어. 부끄러워 식은땀이 났지. 학교로 돌아오라고 권유한 일이 오직 나의 감상적인 친절 때문이었을까.

가키우치를 향한 감정에 비하면, 너를 향한 내 감정은 상당히 침착한 편이었어. 너는 갖가지 고통을 떨쳐 내고 내가 하자는 대로 해 주었어. 이렇게 말하는 지금도 너는 내가 원하면 뭐든 들어주리라는 것을 안다. 이제 와서 이런저런 말로 너를 괴롭게 하는지도 모르겠지만, 그토록 최대한도로 애쓰면서 여전히 한도에 머물렀던 것은 겁쟁이를 뛰어넘는 나의 사랑이었음을 나 자신도 깨달을 날이 올 거라고 믿는다.

상급생의 요구에 무지하면서도, 내가 귀성하는 밤이면 옆방의 오구치가 찾아와 무섭다고 울상을 지으며 내가 고향에 가지 못하게 막고는, 나라면 한 침대에 누워도 좋다고 허락했지. 나와 입을 맞추며 오구치가 싫다고 툴툴거리면서, 우리 관계와는 전혀 상관없다는 듯이 나를 의심하지 않았던 너, 2월에 내가 입학시험 준비로 깊은 밤까지 도서실에 깨어 있는 날이 이어지던 어느 밤, 문득 내가 방으로 돌아오면 당황해서는, 놀러 와 있던 우에지마가 네 침대에 기어들어 숨으려고 했던——물론 큰 목적이 있어 우리 방에 와 있었던 건 아니었겠지만——그런 우에지마를 향한 분노로 몸을 떨던 내게서 상급생의 욕망이 분명하게 드러났을 터인데, 그저 토끼 눈을 하며 나만은 완전히 예외적인 사람인 듯 밝은 얼굴로 순순히 포옹해 주었던 너, 너의 그런 순수한 사랑이 나를 눈물짓게 했다.

내가 겁쟁이라고 한다면 거기까지겠지만, 보기에 따라서는 기적적으로, 어떤 무리한 강요나 인내도 필요 없이, 너를 더럽히지 않고 끝났던, 그런 갓난아이 같은 너의 영혼에 나나 너 자신이나 얼마나 감사해야 하는지 모른다.

지극히 순수하고 올곧게, 마치 부모로부터 건네받은 무언가처럼 너는 얼마나 아름다운 사람이었는지.

이번 제5장은 꽤 두서없이 겁쟁이처럼 썼다. 자기변명을 위해서이기도 하겠지만, 너의 기분을 거스르고 싶지 않은 마음도 있었다.


여기서 26매째 편지가 끝이 난다.

이 편지도 쉰 살의 나를 약간 놀라게 했다.

'겁쟁이처럼 썼다'라거나 '너의 기분을 거스르고 싶지 않은 마음도 있었다'라는 게 제5장이라니, 제4장까지는 어떤 식으로 무슨 말을 쓴 것일까.

그러나 이 6매 반짜리 편지는 결국 세이노에게 보낼 수 없었던 모양이다.

또 내가 이런 글을 학교 작문으로 제출했다는 데에도 나는 놀라지 않을 수 없었다. 선생님이 몇 점을 주었는지는 기억나지 않지만, 따로 내용에 대해 주의를 받은 기억은 없다. 아마 선생님도 읽으며 쓴웃음을 지었으리라. 아무리 자유로운 제1고등학교[25]라 해도 비상식적인 작문이다.


7


〈유가시마에서의 추억〉은 400자 원고지로 107매를 썼다. 미완이다.

6매에서 43매까지는 유랑 가무단과 함께 아마기 고개를 넘어 시모다까지 여행한 추억이 담겨 있고, 훗날 이것을 〈이즈의 무희〉라는 소설로 새로 썼다. 무희와 걸었던 게 1918년으로 내 나이 스무 살, 〈유가시마에서의 추억〉을 쓴 건 스물네 살 때인 1922년, 〈이즈의 무희〉는 스물여

---

[25]  오늘날 도쿄대학 교양학부, 치바대학 의학부, 약학부의 전신. 근대국가 인재 양성을 위해 1886년 개교했다가 전쟁 후 학제 개편에 따라 1950년 폐교했다.

덟 살에 쓴 작품이다.

〈유가시마에서의 추억〉에서 무희 부분을 뺀 대부분은 세이노 소년과의 추억이 담긴 기록이다. 〈이즈의 무희〉처럼 정돈된 건 아니지만, 이쪽 이야기가 매수도 많고 감정도 더 실렸다. 스쳐 지나가는 여행길 감상보다는 1년 동안 함께 자고 일어나며 애욕에 번민했던 일이 훨씬 더 깊은 인상을 남긴 것이다.

〈유가시마에서의 추억〉 첫 장은 아래 반쪽이 뜯겨 나가 읽을 수 없지만, 위 반쪽을 통해 추정하자면 대략 이런 서두인 듯하다.

'나는 유가시마[26]의 봄을 알고 있다. 가을과 겨울도 알고 있다. 그러나 여름만큼은 알지 못했다. 올해는 한여름 무더위를 유가시마에서 식히고자 한다.

7월 말에……'

미시마역에서 오히토행 열차로 갈아타려는데, 슨즈선 차표 파는 곳에 느낌이 좋은 아가씨가 있어서,

"멋진 여행이 되겠다." 하고 산뜻하게 중얼거렸다.

──이 서두로 〈유가시마에서의 추억〉을 7월 말에서 8월 초에 썼다는 걸 알 수 있다. 또 유가시마에 온 나의 사

26    이즈반도 중앙에 자리한 아마기산 일대 온천 마을.

무치는 기쁨도 전해진다.

내가 스물아홉 살이 되던 1927년, 작품집 〈이즈의 무희〉를 출판했을 때도 다음과 같이 썼다.


이윽고 완성된 책을 보는데, 역시 요시다 군에게 와 달라고 하길 잘했구나 싶었다. 표지 속 '이즈의 무희'가 유가시마 온천장 기모노를 입고 있었다. 그건 저거고, 저건 이거네, 우리는 장정 그림에 나오는 다양한 물건과 실물을 하나하나 끄집어내며 소란을 피웠다. 이렇게 훌륭한 나의 유모토관[27] 기념품이 또 있을까.

나의 유모토관은 사연이 길다. 소설 〈이즈의 무희〉 속에서 나는 스무 살이고 제1고등학교 학생이다. 9년 전이다. 예를 들어 〈이즈의 무희〉 책 케이스 오른쪽에 그려진 니켈 칫솔 통은 도시라는 여관 여자아이의 물건이라고 한다. 그 아이는 올해 소학교 4학년이 되었는데, 내가 처음 만났을 때는 두 살인가 세 살, 계단을 엉금엉금 기면서 2층까지 제대로 올라가지 못했던 걸 기억하고 있다.

지난 10년 동안, 내가 유가시마에 오지 않은 해는 없

---

[27]  실제로 가와바타 야스나리가 체류하며 글을 쓴 이즈반도 유가시마 온천의 여관 이름.

다. 특히 최근 2, 3년은 이즈에 사는 인간이라고 해도 될 정도다. 재작년 초여름부터 작년 4월까지는 쭉 체류했고, 작년 가을부터 지금 다시 봄이 오기까지 변함없이 유모토관에 묵고 있다. 〈이즈의 무희〉 출판 신고서에도 저자 주소가 시즈오카현 다가타군 가미카노무라 유가시마로 되어 있다. 나의 첫 작품집 〈감정 장식〉에 실린 손바닥 소설 가운데 30편, 두 번째 작품집 〈이즈의 무희〉 가운데 4편을 유모토관에서 썼다. 슈젠지역에서 내리면 벌써 아는 사람 얼굴이 보인다. 유가시마 온천이나 요시나 온천에서 얼굴을 아는 사람은 셀 수 없다. 작년 봄, 내가 떠날 때 여관 할머니는 외아들을 멀리 떠나보내는 사람처럼 눈물을 흘렸다. 그러나 나는 가을에 다시 돌아왔다.

그리고 나는 이 여관에서 얼마나 많은 사람과 친근하게 지냈던가. ……

나는 열몇 번 혹은 몇십 번이나 크고 작은 생활의 고통을 안고, 이곳 아마기의 산기슭을 찾았다.

쉰 살이 된 지금 나는 이처럼 사랑과 기쁨을 느끼며 글을 쓸 수 있는 땅이 없다. 다시 이런 느낌의 새로운 땅을 찾을 수 있을까.

〈유가시마에서의 추억〉 2매째에서 3매째에 걸쳐, 나는 이렇게 썼다.

'나는 이즈에 대해서도 추억을 품고 있다. 추억이 있으면 감상도 좋다. 이곳 유가시마는 지금 나에게 제2의 고향처럼 여겨진다. 나는 종종 도쿄에서 이곳 아마기산 북쪽 기슭으로 달려온다. 어느 가을에는 절름발이가 되는 게 아닐까 싶은 걱정이 들 정도로 다리가 아파서 왔고, 또 어느 겨울에는 믿었던 사람에게 배신당해 무너져 가는 마음을 애써 다잡으며 왔다. 몸과 마음이 끌리는 게 고향과 다르지 않다.'

그러면서 유가시마를 찬미하는 글이 이어지고, '나는 이즈반도 서쪽 해안의 이토, 도이와 같은 온천은 아직 잘 모르지만, 아타미선, 슨즈선, 시모타 대로를 따라 이어진 수많은 온천 가운데서는' 유가시마를 가장 사랑한다는 내용으로 5매째가 끝이 나고, 6매째 첫 줄부터,

'온천장에서 온천장으로 걸어서 흘러드는 유랑 예능인은 해가 갈수록 점차 줄어들고 있는 모양이다. 나의 유가시마에서의 추억은 이 유랑 예능인과 함께 시작한다. 첫 이즈 여행은 아름다운 무희가 혜성이고 슈젠지에서 시모타까지의 풍물이 그 혜성의 꼬리인 것처럼 나의 기억 속에 반짝이며 흘러가고 있다. 제1고등학교 2학년에 갓 진학

한 가을 중순이었는데, 도쿄로 올라오고 처음으로 경험한 여행다운 여행이었다. 슈젠지에서 하룻밤 묵고, 유가시마를 향해 시모타 대로를 걷는 도중, 유가와 다리를 건넌 지점에서 세 사람의 여성 유랑 예능인과 마주쳤다. 슈젠지에 간다고 했다. 북을 든 무희가 멀리서부터 눈에 띄었다. 나는 계속 돌아보고 돌아보며 여행자의 감상이 몸에 배었다고 생각했다.'

라고 〈이즈의 무희〉에 썼다.

'어느 가을에는……다리가 아파서'라는 건 제1고등학교 3학년 가을의 일이다. 〈유가시마에서의 추억〉에 그때 일이 다음과 같이 적혀 있다.


중학교 기숙사에서 옛 부원이 편지를 보내왔다. ──긴 복도 끝에서 신발 끄는 소리가 들리면, 늘, 당신이 아닌가 생각한다. 하지만 곧장 그렇지 않다는 걸 깨닫는다. 당신은 오른발과 왼발 소리가 달랐다. 나는 또 종종, 계단을 한 번에 두 발씩 내려가는 당신의 버릇을 흉내 내 본다. 그런 내용이다.

나로서는 두 발의 걸음걸이 소리가 다른 줄 몰랐다. 짝짝이로 보이지도 않는다. 그러나 거기에 병의 원인이 있었던 모양인지, 나는 오른쪽 다리가 아팠고, 무희와 여행한 이듬해 늦가을, 유가시마에 왔다.

네댓새 나를 괴롭히던 열이 허리로 모이더니, 다시 오른쪽 다리로 내려갔다. 설 수 있게 된 뒤로 짧은 거리라도 제대로 걷기보다는 절름절름 걷는 편이 아픈 다리에 편했다. 가끔 오른쪽 게다가 휙 날아가 난처했다. 의사도 온천 치료를 권했다.

오히토역에서 16킬로, 마차를 탔다. 요시나 온천으로 길이 갈라지는 곳에서 마차를 내려야 했다. 더 이상 갈 수 없단다. 금세 지는 늦가을 해가 벌써 저물고 있었기 때문이다. 손님은 나 하나다.

나는 울고 싶어졌지만, 4킬로 정도 오른발을 절며 걸어갈 수밖에 없었다. 자포자기하는 마음으로 내리긴 내렸는데 다리에 무리가 와서 너무 아팠고, 종종 불편한 오른발 게다가 벗겨졌다.

사가사와 다리에 이르러 교각 페인트와 바위에서 흘러내리는 물줄기만이 하얗게 떠 있고, 인근 산은 어둠에 잠겨 컴컴했다. 서두르려 해도 다리가 서둘러지지 않았다.

큰길에서 멀어지는데 가노강을 따라 난 지름길이 생각났다. 다리를 건너 그 길을 찾아갔더라면 좋았을 터다. 다리를 건너지 않고 강을 따라 걷던 나는 산 중턱에서 길을 잃고 말았다. 산기슭을 기어가듯 나아가도 여관으로 가는 다리가 보이지 않는다. 결국 게다를 손에 들고 계곡을 건너는 수밖에 없었다.

물이 맑아서 얕을 거라고 얕보았던 물살이 무릎까지 잠기고 허리를 적셨다. 솜옷을 입는 계절이라 계곡의 차가운 물이 쩌를 듯한 신경통을 유발했고, 추위에 움츠러든 다리로 흘러 나를 넘어뜨리려 했다.

하카마 차림으로 하반신이 젖은 생쥐 꼴이 되어, 등불이 희미하게 켜진 한산한 여관 현관 앞에 서서, 나는 쓴웃음을 지었다. 지난해 가을, 거기서 무희가 춤을 추었다.

젖은 옷을 벗고 뜨끈한 온천에 몸을 담그자, 이윽고 되살아난 오른쪽 다리가 쩌릿하고 기운차게 아팠다.

반쯤 자포자기하는 마음이긴 했지만 길 없는 산자락을 따라 계곡을 건넜을 정도라 신경통이 그리 심하진 않아서, 일주일쯤 지나니 요시나 온천에서 꽤 먼 8킬로미터 거리의 후나바라 온천까지 왕복으로 걸을 수 있게 되었다.

후나바라의 온천장은 욕탕도 크고, 정원도 넓었으며, 객실도 여러 동 세워져 있었다. 하지만 온천의 질 때문인지 물은 누렇게 탁하고 여기저기 물때가 끼어 있었다. 전신 피부병이 있는 남자가 온천물에 들어가 있다. 방으로 돌아오니, 한 칸 건너 옆방 여자가 머리칼을 풀어헤치고, 둥글게

깎은 정수리 위에 젖은 수건을 올린 채 무시무시한 눈을 부릅뜨고 있다. 광인이라는 생각밖에 들지 않는 히스테리 환자였다. 복도에 서서 이야기를 나누던 남자는 내가 다니는 제1고등학교 교사의 형이라는 사람인데, 만주에서 발병해 요양 중인 폐병 환자. 나는 점심을 먹자마자 서둘러 도망쳐 왔다. 유가시마에는 손님이 거의 없다. 온천물도 산천도 맑다. 16킬로쯤 걸을 수 있어서 기뻤다.

열흘 정도 지나, 일단 도쿄로 돌아온 뒤 다시 유가와라에 갔다. 다 나은 건 아니었지만, 그렇게 오래 체류하며 온천 치료를 받을 돈이 없었기 때문이다.

평소 내 걸음걸이를 보고 한쪽 다리가 안 좋은 걸 알기는 어렵다. 하지만 완치는 쉽지 않은 모양이다. 기후가 좋은 계절, 날씨가 좋은 날은 통증이 없다. 하지만 맹추위나 무더위, 특히 몸이 덜덜 떨리도록 추운 날에는 조금씩 계속 아프다. 기온 차가 급격해지기 전, 봄장마나 가을장마로 들어서기 전에는 다리의 느낌으로 미리 안다.

유가시마뿐 아니라 어느 지역 온천에 가든지 두 다리를 담가 보면, 온천물이 닿는 느낌이 오른쪽과 왼쪽에 차이가 있다. 도쿄의 목욕탕에서는 느껴지지 않는다. 이건 온천의 효능이 분명하다.

요즘은 그렇지 않지만, 발병하고 1, 2년 동안은 두 다리의 체온이 상당히 달랐고, 오른쪽이 차가웠다. 요즘도 겨울에 차가운 이부자리에 들어가면 왼쪽 다리는 따뜻해지는데 오른쪽 다리는 따뜻해지지 않는다. 가만히 보면, 내가 무의식적으로 오른쪽과 왼쪽 다리가 다르다는 걸 염두에 두고 행동하는 듯하다.

또 나는 정신적인 타격을 받으면 마음이 지치기 전에 몸이 먼저 피로를 느끼고 그 증거로 다리에 통증이 온다.

그러한 상처받은 마음과 쇠약해진 몸, 추위로 인해 더 아픈 다리를 끌고 작년 말에도, 나는 유가시마로 도망쳐 왔다. 시로쿠 히노에우마 아가씨 탓이었다.

시로쿠 히노에우마는 내가 처음 다리 치료를 위해 유가시마에 왔다가 도쿄로 돌아간 겨울, 당시 열네 살이었는데, 이제 다리는 괜찮으세요, 하고 내게 물어본 것으로 기억한다.

올여름은 온천물에 오른쪽과 왼쪽 다리를 넣었을 때 느낌이 거의 비슷하다. 다리도 다 나은 건가, 싶다.


'또 어느 겨울에는 믿었던 사람에게 배신당해…….' 라는 건 시로쿠 히노에우마 아가씨 일이다. 〈유가시마에서의 추억〉을 쓰기 전년도, 내가 스물세 살 때 가을의 일이다. 나는 열여섯 살 아가씨와 혼약했다. ──이게 깨지지 않았다면 스물세 살과 열여섯 살이라는, 오늘날로 치면 상당히 드문 조혼이었으리라.

신경통인지 류머티즘인지 때문에 나는 유가시마와 유가와라에 다녔는데, 유가시마도 유가와라도 몸을 차갑게 하는 온천물이라 치료로서는 효과가 거꾸로라는 걸 몇 년 지나고 알았다. 하지만 통증이 낫기는 나았다.

완치는 아니다. 애초에 내 몸은 오른쪽 반쪽이 안 좋은 듯하다. 머리나 얼굴도 오른쪽이 가끔 저리고, 손도 오른쪽이 저리다. 오른쪽 눈은 잘 안 보인다. 왼쪽 눈 하나로 살아온 거나 마찬가지다. 어릴 때 걸린 안저 결핵 탓이다. 의사로부터 안구 뒤쪽에 병의 원인이 있다는 걸 분명히 전해 들은 건 마흔 살 무렵이었다.


8


'여기까지 썼을 때, 여종업원이 새 유카타를 들고 방으로 왔다. 이곳에 온 지 닷새째다.'

라고, 〈유가시마에서의 추억〉 43매째, 〈이즈의 무희〉가 끝난 부분에서 나는 썼다. 43매를 사흘인가 나흘 동안 쓴 것으로 보인다.

그 뒤 유가시마의 경치가 나오고, 교토로 세이노 소년을 찾아간 내용이 이어진다.


여기까지 썼을 때, 여종업원이 새 유카타를 들고 방으로 왔다. 이곳에 온 지 닷새째다. 내가 벗어 둔 유카타를 집어 들며, "개구리(蛙)라는 글자가 벌레 충(虫) 변에 뭐라고 쓰는 거였죠?" 하고 물었다. 개구리 같은 글자가 이 여종업원에게 어째서 필요한지 상상이 가지 않는다. 유가시마의 들판이나 강변에 개구리는 많지 않은 듯하다. 개구리 수가 적다는 걸 나는 상과대학 학생이 지적한 덕분에 알았다.

유가시마에서는 커다란 달을 볼 수 없다. 아침 해다운 아침 해, 석양다운 석양을 볼 수 없다. 맑은 날에는 큰길로 나와 후지산을 본다. 북쪽으로 보인다. 아침 색도 저녁 색도 후지산에 비친다.

이곳의 아침에는 우선 서쪽 산들이 햇살이 만든 밝은 색 두건을 쓴다. 두건의 테두리가 산맥을 미끄러져 올라가면 해가 높이 뜬다. 저녁에는 동쪽 산들이 두건을 쓴다. 유가시마의 산이 두건을 다 벗은 뒤에도 아마기산의 산봉우리는 아직 벗기 전이다. 그곳만 노랗게 햇살이 남아 있는 아마기산을 남쪽으로 올려다볼 때면 나는 꼭 무희가 생각난다. 올여름은 아마기산에도 맑은 날이 이어지지만, 가을과 겨울에 내가 몇 번 왔을 때는 유가시마에 비가 오지 않더라도 아마기산이 비로 하얗게 물들어 있는 날이 종종 있었다. (아마기산의 와타쿠시아메[28]라는 말을 알게 된 건 이 글을 쓴 뒤였다.)

상과대학생과 골짜기의 섬에 있는 정자에서 더위를 식히고 있는데, 학생이 하늘을 올려다보며, 역시 골짜기 안이라 광활한 별하늘이 보이지 않는다면서,

"달도 움직이네요." 했다.

옆에서는 도쿄의 아이들이 작은 불꽃놀이를 휘두르며, 커다란 불의 원 그리기를 겨루고 있었다.

"움직이는 게 당연하니 움직인다고 말하는 것도 우습지만……"이라고 하며 학생은 말뜻을 설명하기 위해 손을 들어 달을 가리켰다. 달이 지나가는 길이 사나흘 동안 꽤 많이 움직였다고 한다. 매일 밤 같은 곳에 앉아서, 달이 지나가는 나무의 우듬지나 어둠 속에 잠기는 산꼭대기를 보면 알게 된다.

그런 다음 상과대학생은 뱀, 개구리, 도마뱀 따위가 없

---

28    산지와 같은 특수한 지형에서 국지적으로 내리는 비.

다고 말했다. 싫어해서 알아채는 거다.

또 내가 도착한 밤, 복도에서 아래를 내려다보고 있는데 개구리 글자 말고 다른 여종업원이 말했다.

"미야모토 씨, 반딧불이 있잖아요. 유가시마에 반딧불이 없다고 한 건 미야모토 씨 아니던가요."

고개를 드니, 내 방 앞 잎이 가득 달린 거목에 반딧불이 한 마리가 빛나고 있다. 모기는 거의 없다. 물이 깨끗하기 때문이리라.

여종업원이 반딧불이를 가리켰을 때 내가 아래를 보고 있었던 건, 오모토교 2대째 교조와 그 딸이 온천을 마치고 오는 걸 열심히 지켜보고 있었기 때문이다.


내가 교토로 세이노를 찾아갔을 때, 이 소년이 오모토교[29] 수련소에 있었기에, 유가시마에서 오모토교 교조를 본 데서 세이노를 떠올렸다는 식으로 나는 적어 나갔다.

〈유가시마에서의 추억〉 47매째부터 79매째까지가 세이노 소년 방문기다. 거기에 이어서 다리 치료를 위해 유가시마에 온 일을 적었다.

---

**29**  교토에서 일어난 신도 계열의 신종 종교.

'중학교 기숙사에서 옛 부원이 편지를 보내왔다. 긴 복도 끝에서 신발 끄는 소리가 들리면, 당신이 아닌가 생각한다. ……'

이렇게 시작한다. 그 후 다시, 교조가 온천에 가는 걸 보는 글로 돌아간다.


작년 12월 이후로 발길을 끊었던 이 온천에 7개월 만에 몸을 담그니, 도쿄에서 보낸 곤궁한 하루하루가 싹 씻겨 나가는 듯하여, 계곡물 소리를 들으며 편지를 쓰고 있는데, 갑자기 눈앞에 2, 30명쯤 되는 사람들이 나타나 박자를 맞춰 세 차례 손뼉 치는 소리가 들렸다. 빠르게 합창하는 듯한 소리도 났다. 마을 계모임이 연회라도 열었나 생각했는데, 건물 앞쪽 복도로 돌아나가 흘끗 보니, 오모토교의 저녁 기도(오모토교에서는 뭐라고 부르는지 잊었다)에 모인 신자들이라는 걸 알 수 있었다. ──나는 전에 교토의 사가 지역에 있는 산중 수련소(이것도 오모토교에서 쓰는 말이 아니다)에서 2박을 하며 신자들의 생활을 보았기 때문이다.

앞쪽 복도에 서 있는데, 여종업원이 거기 방석을 깔아주었다. 손님 둘, 여종업원 서넛이 구경꾼으로 앞서 복도에서 있었다.

여관 현관 바로 앞에 길이가 5, 6미터쯤 되는 함석지붕 단층 건물이 새로 지어져 있었다. 12월에는 공터였었다. 2, 3년 전에는 오래된 단층 건물이 있었는데, 손님이 붐빌 때 사용했다.

신축 건물은 여관 주인이 오모토교 신을 위해 지은 것이다. 오래된 집은 몇백 엔밖에 안 했지만, 새로 집을 짓는 데는 몇천 엔 들었다고 여종업원이 말했다.

제일 앞에 앉아 있는 사람이 2대, 그 옆이 3대라고 한다. 내가 되묻자 손님 가운데 한 사람이, 저쪽이 이데구치의 아내이고 이쪽이 그 딸이라고 한다. 교토 아야베에 있는 거기냐고 묻자 그럴 거란다. 헉, 하고 놀라며 나는 지켜보았다.

손님 중 하나가 기도문을 들더니, "〈고지키〉네요."라고 내게 말했다. 그 기도문은 사가의 산중에서 나도 읽은 적이 있다.

"3대는 마음가짐이 별로네. 손수건으로 끊임없이 땀을 닦고 있어. 이승에 현신한 신답지 않군……."

또 손님이 그렇게 말하자, 복도에서 지켜보던 구경꾼들이 가볍게 웃었다. 3대 교조는 스무 살 전후 아가씨다.

교조님이 오신다는 소문에 근방에서 신자 2, 30명이

모였다고 한다.

내 머릿속에는 사가의 산중 수련소가 있다. 예전 기숙사 부원 세이노의 신심 깊은 모습이 있다. ──아야베에 경찰의 손이 뻗친 전후로 갑자기 신문을 떠들썩하게 장식한 오모토교 기사를 주의 깊게 읽은 것도 세이노 때문이었다.

그런 이유로 아야베 본부와 그곳 중심인물이 대단히 특별할 거라고 상상하고 있었다. 그랬는데 생각지도 못한 곳에서 마주한, 시골 과자가게 여주인으로밖에 안 보이는 이 여성이 오모토교 2대 교조라고 한다. 그리고 다소 촌스러운, 그다지 똑똑해 보이지 않는 땅딸막한 시골 아가씨가 3대 교조라고 한다. 설마, 하고 나는 생각했다. 그래서 몇 번이고 정말로 교조인가, 아야베에서 온 건가, 어째서 이런 곳에, 하고 거듭 묻고 또 물을 수밖에 없었다.

2대는 얼굴이 투박하고 머리칼을 아무렇게나 질끈 묶어 어디로 봐도 산골내기 같은 통통한 40대 여자다. 3대는 역시 부슬부슬한 곱슬머리를 이 근방 소학교 여자아이처럼 되는대로 묶어 올렸고, 그 눈빛이나 피부나 얼굴 생김새나 무엇 하나 젊고 생기 넘치는 데가 없이, 커다란 얼굴은 울적하고 지루해 보였으며, 몸은 축 처져 있다고밖에 여겨지지 않았다. 그 무엇도 아름답지 않다.

이 종파를 연 개조 할머니부터가 산골 노파였으리라.

2대, 3대라고는 해도 그저 개조의 딸, 그 딸의 딸에 지나지 않으리라. 이것이 살아 있는 신인가. 붓끝이나 그 밖의 위엄을 부린 것들로 떠받들리고 있는 여자인가.

2층 복도에서 내려다본 바로는 기품이라는 게 조금도 없다. 야무진 모양새가 없다. 신앙의 중심으로 추앙받으며, 혹은 스스로 깊은 신앙 속에 살고 있는 인간이라면 몸의 어딘가에 정신의 반짝임이나, 고매함이나, 아름다움이나, 정숙함이나, 혹은 온화한 평화나 드넓은 자애 같은 것이 드러나 있을 터다. 나는 환멸을 느끼기보다는 진짜 교조인가 하는 의혹이 먼저 들었다.

이렇게 평범한 여인이 교조라는 데, 기존의 신성함이니 종교성이니 하는 걸 벗어던진 새로운 종교의 의미가 있을지도 모른다. 필부의 모습을 빌려 나타났다는 데 신의 깊은 뜻이 있는지도 모른다. 아무튼 언뜻 보기에는 신이 깃들어 있을 법한 구석이 전혀 없다. 한 가지 기예에 도달한 인간의 기품이나 풍격마저 안 보인다.

이들을 교조로 떠받들며 생을 맡긴다면 세이노는 불쌍하다. 이들이 살아 있는 신이라면, 세이노가 진짜 신 그 이상이다. 나는 사가의 산중으로 편지를 보내고 싶어졌다. 나한테 귀의하는 편이 훨씬 낫다고 말하고 싶었다.

방으로 돌아와 아까 쓰던 편지를 계속 쓰는데, 앞쪽에

서 손뼉 치는 소리가 나더니 기도 소리가 멈추었다. 마음가 짐이 별로로 보이긴 해도 3대 교조가 땀을 닦지 않고는 못 배길 무더위였으니, 기도가 끝나면 온천에서 땀을 씻을 게 분명하다. 나는 장난스러운 마음이 발동해 수건을 들고 웃 으며 방을 나섰다.

그때까지도 나는 여전히, 교조라고 한 건 여종업원의 착각일 것이라며 의심하고 있었다. 정말로 교조라면 손자 한테까지 대대로 이야깃거리가 될 테지만, 그렇지 않다면 그저 뚱뚱한 여인과 온천에 들어가는 것이니 시시했다.

여관의 온천은 실내에 하나, 야외에 하나, 냇가에 하나 로 모두 세 곳이다. 실내 욕탕은 나무판으로 삼등분이 되 어 있다. 뜨거운 온천물이 차츰 식으며 욕탕을 구분한 나 무판 위로 넘나들었다. 이곳 탈의실에서 뒤로 나가면, 조 금 왼편에 간단한 판자로 지붕을 인 온천탕이 있다. 노천 온천이다. 또 실내 욕탕의 탈의실을 나가면 8, 9미터가량 되는 목조 교각이 걸려 있고, 강 내의 섬으로 이어진다. 계 곡 안에 생긴 가늘고 긴 섬인데, 우거진 수풀 속에 정자가 있다. 여름 손님이 더위를 식히고, 계곡을 바라보며, 급류 에 몸을 담그기도 하고, 한낮에 낮잠을 자기도 하고, 밤 동 안 기나긴 이야기에 젖어, 작은 불꽃놀이를 가지고 놀거나 악기를 연주한다. 도쿄에서 게이샤를 데리고 온 여덟아홉 명의 손님이 정자에 술과 안주를 날라 와 한나절 전세 낸 얼굴로 드러누우면 다른 손님들이 불평한다. 강 내부 섬에서 골짜기 냇가로 내려간 곳에 폭이 3미터가량 되는 바위가 있다. 그 바위 속에 온천탕이 마련되어 있었다. 대통을 잘라 온천물을 흘려 넣는 것이다. 맞은편 산자락에서 온천이 나오는지 계곡 위에 대통 두 개를 연결하여 여관으로 온천을 끌어오는데, 일단 끌어온 온천을 얼마간 강 내의 섬에서 세 번째 대통으로 계곡 위까지 밀어 올려 바위 온천탕에 떨어뜨린다.

여관 바로 남쪽에는 공동 온천이 있다. 그리고 맞은편 강가의 바위틈에서 솟아난 불필요한 온천물이 계곡으로 흘러내려 바위와 바위 사이에 자연히 쌓인 부분이 있다. 여관 바로 북쪽으로는 별장의 온천이 있다.

나는 실내 욕탕으로 내려갔는데, 일고여덟 명의 남자와 주름이 자글자글한 할머니가 몸을 담그고 있었다. 왁자지껄 떠드는 남자들은 신자가 분명했지만, 할머니는 교조가 아니다. 갑자기 기가 눌려 장난치고 싶은 마음이 꺾이면서 흥이 가시고 말았다. 나의 장난도 자랑할 게 아니고, 신을 모독하는 못된 심보이기도 해서, 온천탕 주변에 시끌시끌 모여 있는 남자들을 보는 것만으로도 들어갈 마음이 사라졌다.

뒤를 돌아보니, 교각 위와 강 내의 섬에 등불과 사람의 그림자가 분주하게 움직이고 있다. 교조 무리는 땀을 식히고 있거나 바위 온천탕에 있는 기색이다. 그렇다면 2층에서 내려다보는 게 좋겠다 싶어 숙소로 돌아갔다. 2층 복도 의자에 앉아 별빛과 등불에 의지해 교조 무리의 모습을 눈으로 좇았다.

노천 온천의 나무판 지붕은 바로 밑에 보인다. 교각도 보인다. 정자는 수풀 너머로 언뜻 보인다. 정자에는 평소 밤에도 전등불이 달려 있다. 바위 온천탕은 섬 그늘에 있어 보이지 않는다. 그 위에 빛을 밝히기 위해 걸어 둔 등불만 보인다. 등불은 눈앞의 온천탕 입구에도, 정자 옆에도 달려 있었다. 교각을 건너며 움직이는 등불도 있다. 수많은 남녀가 서성거리고 있지만, 2층에서는 아래가 어두워 얼굴이 확실히 보이지 않는다. 나체로 다니는 사람도 많다.

판자 지붕 아래 온천탕에서 나온 여자의 나체가 내 눈 아래 어스름한 곳에서 수건을 흔들며 나타나더니, 유카타를 허리띠 없이 느슨하게 묶고 앞섶을 가볍게 여미며 교각 쪽으로 간다.

살찐 어깨와 배와 허리가 두드러진 여자가 온천탕에서 나오자, 여름용 하오리를 입은 남자가 등불을 비추며 여자가 기모노를 입을 때까지 기다렸다가 강 내의 섬으로 안내했다.

저 사람인가, 저 사람인가, 내가 옆에서 같이 구경하던 여종업원에게 물었지만, 어떤 여자가 2대인지 알 수 없었다. 얼마 안 있어,

"3대다, 3대다."

하고 여종업원이 서둘러 말했다. 바로 아래를 내려다보니, 방금 온천에서 나온 볼품없는 하얀 몸이 한쪽 다리를 돌에 올리고 수건으로 닦고 있다. 유카타를 두르자, 마찬가지로 등불이 따라붙는다. 등불을 든 남자는 몸에 실한오라기 하나 걸치지 않았다.

거의 3층 높이였기에 아래쪽 어스름한 어둠을 걷는 여자의 나이나 자태를 제대로 구분할 수 없었고, 여종업원이 3대라고 말한 여자가 2대 같다. 머리 모양이 하급 스모 선수를 닮았고 체격도 그런 느낌이라 젊은 아가씨 같지 않았기 때문이다. 여종업원은 확신이 있는지, 3대라고 몇 번이나 반복했다.

3대를 찾아 눈길을 다시 돌리니, 온천탕을 나온 곳에 등불이 없어지고, 나체의 여인 하나가 갈팡질팡하고 있다. 몸에 두를 흰 수건과 유카타가 그 근방에 마구 흐트러져 있어서 무엇이 자기 것인지 알 수 없어 쩔쩔매며 찾고 있었다. 나는 웃음을 터뜨렸다.

남자들은 모두 살아 있는 신을 알현했다는 감격에 휩싸여 교조의 입욕과 휴식을 위해 열심히 노력하고 있었지만, 알몸인 사람도 있고, 이상하게 생각하면 이상할 수 있는 목가적이고 원시적인 풍경이었다. 여자도 그렇다.

　　얼마 후 섬에서 숙소 쪽으로 사람의 그림자가 하나둘 목조 교각을 건너기 시작했다. 바위 온천탕이나 정자에 남아 있는 사람도 있다. 교각에 머물러 있는 사람도 있다. 안으로 들어가 버린 사람도 있다.

　　여종업원은 이들 풍경에 나만큼 흥미가 없었기에 자리를 떴다. 나는 복도에서 움직이지 않았다. 교각 위와 정자의 등불만은 사람들이 대부분 돌아간 뒤에도 불빛을 반짝이며 남아 있었다. 그날 밤, 남녀 신자 열다섯 명 정도가 여관에서 묵었다고 한다.

　　이튿날 아침, 나는 도쿄에서와 달리 일찍 일어나 6시가 조금 넘은 시각 온천에 들어갔는데 신자들이 드문드문 들어왔다. 교조는 보이지 않는다. 아침 온천 후 방으로 돌아가 차를 마시고 있는데, 앞쪽 건물에서 아침 기도가 시작되었다. 다시 어제 그 복도로 나가 본다. 기도문이 〈고지키〉라고 했던 어젯밤 손님이 코닥 카메라를 들이대며 애를 쓰고 있다. 기도가 끝나자, 신자들은 여관으로 돌아왔다.

　　앞쪽 건물에서 2대가 툇마루로 나와 다리를 늘어뜨리

며 앉더니, 정강이를 무릎까지 내밀고 작은 담뱃대에 살담배를 꾹꾹 눌러 담았다. 도쿄에서부터 함께 온 신자인 요릿집 안주인 느낌이 나는 여자와 아주 홀가분한 듯이 이야기하고 있다. 살아 있는 신이라는 개념을 초월한 모습이다.

3대는 방 안에서 서투르게 짐을 정리한다. 변함없이 우울하고 무기력해 보인다.

그날 아침, 두 교조도 신자들과 함께 여관을 떠났다고 한다.

저녁 식사 후에 신바시의 포목점 아들이라는 자가 내 방으로 이야기하러 왔다. 나는 어두워질 무렵까지 산책하고 막 돌아와 신문을 읽는 참이었다. 그 신문에 대학 친구가 처음으로 쓴 문예 시평이 실려 있었다. 포목점 도련님은 입술 뒤 부근에서 목소리를 내는 듯했으며, 말투가 무척이나 정중하고 예의 발랐다. 저 같은 무학문맹은, 하고 장단 맞추는 말을 쓸데없이 많이 했다.

포목점 도련님 이야기를 듣고, 두 교조가 실내 욕탕에 들어가지 않는 게 이해가 갔다. 이 젊은 주인은 나처럼 지인 중에 세이노 소년과 같은 신자가 없기에, 오모토교를 동정하는 마음이 나보다 훨씬 옅었다. 마을의 신자들은 교조가 온다는 소식에 아마기 대로에서 여관까지 500미터가량 되는 험한 언덕길을 전날 풀을 베고 돌을 줍고 여관 뒤

편 목조 교각을 청소했다고 한다. 그리고 노천 온천물을 깨끗이 유지하기 위해 입구에 발을 드리우고 '입욕 금지'라고 써 붙여 두었다고 한다. 입욕 금지라는 종이는 나도 보았는데 교조를 위해서라는 건 눈치채지 못하고, 온천이 공사 중이라고만 생각했다. 두 교조를 맞이하기 전날 밤, 신자들은 무릎을 맞대고 앉아 살아 있는 신이 온다는 감격에 젖어 있었다고 한다. 포목점 도련님은 반쯤 재미로 신자들이 교조를 맞이하는 장면을 구경하기 위해 회중전등을 밝히며 갔다고 한다. 신자들은 저마다 등불을 들고 와서 교조를 옹립하며 언덕길을 내려왔다고 한다. 교조가 온천을 나와 교각 위에서 바람에 땀을 식힐 때는 신자들이 좌우에서 펄럭펄럭 부채질했다고 한다.

또 도련님은 툇마루에 늘어뜨린 다리를 부채로 탁탁 쳐 댄 행동이 살아 있는 신답지 않을 뿐 아니라, 자기 같은 무학문맹이 판단할 일이 아니긴 해도, 그저 시골 할머니 같을 뿐 품위라고는 없었다고 말했다.

사실은 나도 이 두 여자를 우러르고 떠받드는 남자들을 우스꽝스러운 희극이라기보다도, 다소 애처로운 비극이라 생각하며 바라보았다. 그 두 사람이 겉보기로는 드러나지 않는 신성과 덕성을 갖추고 있을지 모르고, 혹은 용모와 정신이 평범하다는 데에 오히려 오모토교의 진의와

본의가 손재하는지 모르지만, 나도 포목점 도련님과 마찬가지로 환멸을 느꼈다.

그러나 믿는 사람의 눈에는 그렇게 비치지 않는다. 교조가 돌아간 날, 점심 식사를 마치고 한 시간 정도 지나 여관 안주인이 인사를 하러 왔기에, 어젯밤과 오늘 아침의 여선생은 누구이고 어디 사람이냐고 정중히 물었다. 나는 여전히 믿기 어려웠던 거다. 답변은 역시 틀림없이 2대와 3대라고 했다. 여관 주인의 두터운 신앙은 아야베에서도 인정받아서, 도쿄로 돌아가는 길에 유가시마에 들렀다가 오라고 2대의 남편으로부터 조언을 듣고 왔다고 한다.

어젯밤 이후로 사람들로부터 훌륭한 이야기를 전해 들었다고 여관 안주인이 말했다. 어떤 이야기냐고 묻듯이 말없이 안주인의 얼굴을 보고 있으니, 정말로 신기한 이야기예요, 그런 이야기는 처음 들었지 뭐예요, 의심하려 해도 의심할 수가 없다니까요, 하고 말하며 미소를 짓더니, 더는 말을 잇지 않았다. 무슨 이야기냐고 내가 되물어도, 의심하려 해도 의심할 수 없는 이야기입니다, 라고만 할 뿐 대답하지 않았다. 신의 기적 비슷한 종류일 거다 싶어서, 무슨 이야기요, 무슨 이야기, 하고 재차 묻자, 이윽고 안주인 입에서 나온 게 "가미시마사마"라는 신기한 말이었다.

2대의 남편, 오니 사부로 씨의 빰 한쪽이 40일이나 부풀어 올랐다. 그렇게 말하며 안주인이 자기 오른손으로 뺨을 눌렀으니 아마도 오른쪽 뺨이 부풀었으리라. 부기가 빠지고 뺨에 뾰루지가 나더니 고름이 생겼다. 그 뾰루지 위치가 자꾸자꾸 움직여서──안주인은 그렇게 말하며 오른손으로 천천히 뺨을 아래로 쓸어내렸기에, 그 손의 움직임대로 뾰루지 위치가 움직였으리라. 결국 잇몸이 붓고 부은 부분이 굳어서 툭 튀어나왔다. 사리가 나왔다는 것이다.

뺨에 난 뾰루지가 잇몸으로 옮겨 가 사리가 된 순서를 도무지 받아들일 수가 없어서, 이야기하는 사이사이에 짧은 질문을 던져도 내가 만족할 만한 답변을 얻을 수는 없었지만, 대충 하는 말은 아니었다.

그 사리가 가미시마사마를 똑 닮았다. 가미시마사마를 본뜬 것이었다. 가미시마사마를 나는 알 길이 없어서 자꾸 물으니, 안주인 말로는 가미시마사마란 붓끝이나 신의 말씀으로 지형은 알려져 있으나 어디에 존재하는지 알 수 없는, 오모토교의 영지라고 한다. 가미시마사마의 형태를 한 사리를 본 오니 사부로 씨는 이를 신기하게 여겨, 거기서 무언가 신의 마음을 읽었지만, 그곳이 어디인지는 여전히 알 수 없었다. 하지만 어느 날, 오니 사부로 씨가 2대에게 장소나 용건도 말하지 않고 홀로 훌쩍 어딘가로 떠났다. 그러고는 돌아와 가미시마사마를 찾았다며 처음으로 사리에 대해 털어놓고 제사를 올렸다고 한다.

영적인 꿈이라도 꾸었을 거라고 나는 생각하며, 가미시마사마로 가는 길은 어떻게 알았느냐고 묻자, 역시 신께서 알려 주신 거겠지요, 하고 안주인은 대답할 뿐이었다. 가미시마사마는 해상의 작은 섬인가, 예를 들면 유가시마와 같은 지상의 지명인가, 어디에 있는가, 나로서는 뜬구름 잡는 이야기였다. 세이노가 말하던 '오쓰치마이'가 난다는 영적인 땅과 마찬가지로 그저 신비로운 공간인지도 모른다. 가미시마사마 이야기도 오쓰치마이 이야기처럼 예스러운 전설 느낌이 났다.

아야베 본부에 경찰이 진입했을 때도 그 재난 전에 신의 경고가 있었다고 한다. 그때는 사가의 산중도 관헌에 짓밟혔다. 나는 간사이의 신문에서 그 사건 기사를 읽고, 이것 때문에 세이노의 마음이 상처받고, 우울해지고, 비틀어지는 게 아닌가 하고 남몰래 걱정했다.

가미시마사마 이야기를 한 뒤 안주인이 떠나자, 나도 곧장 산책에 나섰다. 아이고, 저런, 한창 볕이 내리쬐는데, 하며 여관 할머니가 게다를 꺼내 주었다. 산과 들이 반짝반짝 빛나고 있다. 이삼일 후 다시 현관에서 그 할머니가, 정말이지 참 잘 걸으시네요, 하고 말했다.

"네, 더위와 걷기는 둘 다 아무렇지 않아서……." 하고 나는 웃으며 나온다.

　도쿄에서도 4킬로 이상 걷지 않으면 그날이 끝나지 않는다. 겨울에 약한 나는 맹더위가 두렵지 않다. 그런가 하면 거리에 내리쬐는 정오 지난 햇살을 보면, 그 뜨거운 빛에 허약한 피부가 쩔려 냉큼 걷고 싶은 유혹을 느낀다. 여름방학 때 오사카에 가서도, 거의 매일, 그 찌는 듯한 오사카 거리를 걸었다.

　볼 것도 없는 들판이나 산길을 어째서 그토록 걸어 다니느냐고 사람들이 의아해할 정도로, 겨울도 여름도 유가시마에서도 나는 걸었다. 아마기산을 왕복으로 오르내리는 40킬로의 길도 아침에 유가시마를 빠져나와, 낮에 유가노에서 쉬고 해 질 녘 유가시마로 돌아왔다.


　아마기산을 넘어 당일치기 온천을 다녀왔다는 건 물론 엄청난 과장이다. 그러나 나는 잘 걸었다. 매일 걸어 다니던 젊은 내가 생각난다.

　이 〈유가시마에서의 추억〉도 그러고 보니, 스물네 살의 젊은 호흡이 느껴진다. 오모토교 교조의 입욕 같은 걸 이토록 써 둔 것도, 젊은 호기심이었으리라. 또, 유가시마에 왔다는 젊은 기쁨에서 쓴 것이기도 하리라. 하지만 세이노 소년이 오모토교에 들어가 있었기 때문이기도 했다.

세이노로 인해 나는 2대와 3대에게 환영을 품었고, 또 환멸을 느꼈다.


9


'나는 오모토교 신자가 아니다. 하지만 전혀 관련이 없는 사람도 아니다. 내가 사랑한 소년의 아버지가 신도 중에서도 주요한 역할을 맡고 있다. 나는 사가의 산중 수련소에 추억이 있다. 그 추억은 내게 의미가 깊다.'

〈유가시마에서의 추억〉에는 이런 글도 보이고, 사가의 산중에서 있었던 일과 함께 오모토교에 호의를 가지려고 애쓴 일이 적혀 있다.

세이노를 찾아 사가로 간 건 〈유가시마에서의 추억〉을 쓴 때로부터 만으로 이태 전인, 내가 스물두 살이 되던 해 8월이었다.


재작년 8월, 찌는 듯이 무더운 한낮에 나는 아라시야마에서 전철을 내려서 사가로 들어갔다. 내가 만나러 간 산중 폭포 인근에 사는 사람은, 내가 기숙사 방장이었던 중학교 5학년 때 같은 방을 썼던 후배였다. 우리 방에 있을 때는 2학년이었는데 재작년 여름에는 벌써 중학교를 졸업해서 산에 틀어박혀 있었다.

그 전년도 여름에도 나는 사가를 방문했지만, 후배는 오사카 하마데라에서 열린 수영 경기에 출전하러 가고 없어서, 해가 저물 때까지 그 집에서 낮잠을 청했지만 만나지 못하고 돌아왔다. 그러니 내가 세이노를 만난 건 녀석이 4학년 신분으로 방장이 되어 있던 7월, 중학교 기숙사에 들러 세이노의 방에 묵고 간 이래 처음이다.

작년 여름까지만 해도 아직 가미사가에 집이 있었고, 산중 폭포에서 수행은 해도 완전히 틀어박혀 사는 건 아니었다. 올해 머무는 폭포도 마을 내에 있겠거니 했다. 하지만 막상 가니 폭포 인근에는 세이노의 집과 거기 딸린 수행자의 숙박소와 오모토교 신사가 있을 뿐, 사람 사는 마을과는 떨어져 있었다. 나는 깜짝 놀라는 동시에 불안감을 느꼈다.

현관으로 나온 세이노는 남색 하카마를 두른 차림에 장발이었다. 이곳 남자들은 모두 길게 기른 머리칼을 목덜미 뒤로 묶어 등에 늘어뜨리고 있었다.

세이노는 대단히 기뻐하며 나를 맞이했고, 내가 당연

히 일주일이고 한 달이고 묵어갈 거라고 지레짐작하고 있
는 듯했다. 그러나 산의 분위기나 서늘한 바람이 영험한
땅의 신성한 공기와 수행자들의 깨끗하고 엄숙한 기분을
드러내는 것만 같아서, 내가 발을 뻗고 누울 만한 장소가
아니라고 여겨졌다.

　서른 명 가까이 되는 수행자 대부분은 20대 청년이었
고 고요히 침묵하는 부류였으며, 입을 열면 정중한 말투
로 교리에 대한 것만을 이야기하는 듯했다. 시종일관 우울
한 표정으로 깊은 생각에 잠겨 고개를 숙이고 걸었다. 언
뜻 보면 폐병 환자나 정신병 환자인가 싶게 핼쑥했다. 나
는 목으로 넘기기 힘들 것 같은 조악한 채식을 한 탓에 영
양실조에 걸린 건지도 몰랐다. 맑게 빛나는 눈망울도 나는
만날 수 없었다. 폭포를 맞으며 거친 수행을 거듭하는 부
자연스러운 산중 생활을 보며, 나는 법을 의심했다.

　나의 침상은 세이노가 사는 집 2층에 있었는데, 밥은
언덕을 내려와 수행자들의 숙박소에서 먹었다. 스무 명가
량의 청년들이 식탁에 앉아 엄숙하게 손뼉을 치더니 눈을
감으며 젓가락을 들었다. 음울한 청년이 정중하게 인사하
면서 내 밥을 가지고 왔다.

　여자 신도는 너덧 명이었고 젊은 사람도 있었다. 오사
카 부호의 딸이라는 열일고여덟 살 되는 아름다운 사람이

세탁부터 남자들 기모노 바느질에 식사 준비까지 자기 몸치장도 잊고 바지런히 일하고 있었다. 들고 있기도 힘들 정도로 큰 빗자루로 마당을 쓰는 모습을 2층에서 내려다보고 있으면 신기했다. 여자들은 세이노의 집에서 머물고 있었다.

남자든 여자든 모두 일을 했다. 나만이 2층에서 멍하니 오모토교 책을 봤다. 아침에 눈을 뜨면 한 사람도 남김없이 다 나가 산 위의 신사에서 아침 기도를 올리는 듯했고, 낭랑한 합창이 내 침상까지 들려왔다.

세이노의 누나와 여동생은 시집을 갔고, 그때는 남은 형제 셋이 산중 폭포에 있었다.

세이노의 중학교 친구 가운데 이제 막 진혼[30]을 받은 햇병아리 신자가 나와 같은 시기에 와 있었다. 그 남자가 세이노의 형제 중 제일 어린 열두세 살 된 아이를 가리키며 남자라고 생각하는지 여자라고 생각하는지 물었다. 물론 여자라고 대답했다. 왜 그런 질문을 하는지 이해할 수 없었다. 그는 웃으며 남자라고 말하곤 끝에 가서, 그렇죠, 누구라도 여자라고 생각하겠죠, 그럼, 하고 일어서더니 그 아이와 스모하는 척하다가 갑자기 노골적인 증거를 드러

---

**30** 일본 고유의 민족 신앙인 신도에서 정신을 수양하여 집중력을 높이고 신에 가닿는 일.

내 보였다. 나는 앗 하고 놀라는 농시에 그 남자에게 분노가 치밀었다.

기모노 앞섶을 여미며, 화가 나 그 남자에게 대드는 아이는, 정말이지 어디로 보나 승부 근성 있는 말괄량이 여자아이였다. 애써 여자 흉내를 내는 게 아니라, 이성을 잃고 흥분하면 더욱더 여자아이처럼 보였고, 겉모습이나 옷차림이나 행동도 목소리도 말투도 여자아이였다. 남자아이가 아니었다. 그 아이는 머리 모양도 도쿄의 열두세 살 여자아이와 똑같이, 어깨까지 오는 단발이었다. 소녀의 윤기나는 머리칼이다. 또 오사카 사투리는 도쿄 말투와 달리 말끝에 남녀의 차이가 별로 없다. 그래서 더 그 아이가 남자라는 생각이 들지 않았던 거다.

나는 자극을 받았다. 내 부원의 어릴 적 모습을 그 남동생에게서 발견했기 때문이다.


## 10


'내 부원의 어릴 적 모습을 그 남동생에게서 발견했기 때문이다. 세이노가 여자의 성정을 가졌다고 말하면, 상대방에게 다소 창피를 줄 수도 있고, 진실과도 멀어지는 일

이 되겠지만, 그때 그 부원은 온화한 여성이…….'

하고 나는 이어 적었다. 이 〈유가시마에서의 추억〉을 쓸 때 나는 유가시마에 왔다는 감동, 도쿄에서 도망쳤다는 감동에 흥분해 있다. 그런 느낌으로 매사 판단하고 글을 써 내려간 면이 있었다.

〈이즈의 무희〉보다도 세이노 소년에 대해 쓸 때 그런 경향이 더 큰 듯하다. 제멋대로 내린 해석이 많다. 하지만 현재 쉰 살이 된 내가 제멋대로 내린 해석이었다고 보는 것이고, 당시 스물네 살인 내가 제멋대로 해석했다고 말하기는 어려우리라. 가령 인생이 50년이라고 한다면, 〈유가시마에서의 추억〉은 딱 전반부 반생의 문장이기 때문이다.

'도쿄에서 도망쳤다는 감동'이라고 쓴 건 그저 말장난이 아니다. 또한, 전집을 내기 위해 스물서너 살 때의 일기를 읽으며, 내가 그토록 끔찍한 생활을 했다는 데에 놀라움을 느꼈다. 그런 일기와 이 〈유가시마에서의 추억〉을 같은 해에 썼다는 걸 믿을 수 없을 정도였다.


세이노가 여자의 성정을 가졌다고 말하면, 상대방에게 다소 창피를 줄 수도 있고, 진실과도 멀어지는 일이 되겠지만, 그때 그 부원은 온화한 여성이 화목한 가정에 간혀 바깥세상에 눈길 한 번 준 적 없이, 또 세상을 경험한 적도 없이, 그저 멍하니 열여섯 살까지 길러진 듯한 성정으로 중학교 5학년생인 내 앞에 나타나 나를 놀라게 했다.

마음만이 아니라 행동에도 여성스러움이 많았다. 내가 함부로 벗어 놓은 옷을 어느 틈엔가 곱게 접어 서랍에 정리해 주었다. 옷이 터지거나 못에 걸린 자국을 발견하면 곧바로 정좌하여 능숙한 손놀림으로 바느질했다.

그러고 보니 이곳 사가에 있는 남동생도, 중학교에 다녀서 머리는 박박 밀었지만, 여성스러운 데가 없지 않다. 형제의 아버지는 언뜻 봐도 굳센 신념을 가진 다부진 남성이었고, 눈을 마주하고 있기 어려울 만큼 엄격한 수도자다. 어머니도 상냥하고 좋은 사람으로 별난 구석은 없다. 그런데 어째서 남자아이들이 셋 다 이럴까. 그때, 2년 전 사가의 수련소 분위기로 봐서, 나는 그 원인의 일부를 아버지가 젊을 때부터 종교 생활과 신앙 정신에 심취한 데 있다고 보았다. 어렴풋이 느껴지는 이 신비가 오히려 세이노 소년을 위한 것이라 기뻤다. 이 소년은 예전부터 타고난 종교의 아이였다.

이 소년은 내가 사라지면 고아가 되어 마음의 안식처를 잃어버릴 거라고, 중학교를 떠날 때 나는 생각했다. 그 아이는 나를 우상화하고, 모든 걸 내게 기대고 있었기 때문이다. 과연 내가 걱정한 대로였다. 이리저리 흔들리다가 어딘가에 부딪힐 때마다 상처받은 마음을 점차 신에게 기댄 모양이었다. 그러한 일을 호소하는 편지를 볼 때마다 결국 종교로 기우는구나 싶었다. 내가 세이노를 행복한 아이라고 느꼈던 것은 사물을 의심하는 마음이 없었기 때문이다. 나의 부원이었던 2학년 때도 아버지가 믿는 신을 그대로 믿고 있었지만, 그 신과 나를 하나로 동일시하는 경향이 있었다. 내가 도쿄로 떠나고 시간이 흐르면서, 하나의 모습을 하고 있던 신과 나 가운데 반쪽이 멀어진 탓에 마음도 분열된 듯했지만, 이윽고 남은 신에게 매달리며 나로 인한 공허를 채우고자 했다는 게 내가 받은 느낌이었다. 그 아이의 성격으로는 아버지의 종교인 오모토교를 믿는 일이 물 흐르듯 자연스러웠다.

　나의 중학 시절, 오모토교는 아직 세상을 떠들썩하게 만들기 전이었고, 나는 황도 오모토 운운하는 이름을 어렴풋이 기억할 뿐이었다. 사가 산중을 처음으로 방문했을 때, 세이노의 집이 어디냐고 길에서 물었더니, 사가에서는 유명해서 누구나 다 아는지 금광교의 큰 선생이라면서 알려주었다. 재작년 여름에 방문했을 때도, 세이노의 아버지가 교도 가운데 중요한 인물이라는 사실과 폭포 수련소가 있다는 사실을 알았다. 가 보기 전까지는 알지 못했다.

나는 세이노의 집 2층에서 교조가 쓴 해설서나 기도문이나 그 밖의 선교 책을 읽어 보았지만, 종교로서 깊이가 없는 유치한 내용이라고 생각했다. 한편, 어떤 이들에게는 크게 흥분할 빌미를 주는 자극적인 교의라고 여겨졌다.

나는 수련소 사람들과 한마디도 나누지 않았고, 세이노의 어머니도 나를 가르치려 들지는 않았다. 세이노의 중학교 친구만이 나에게 어설픈 이야기를 들려주었다. 진혼귀신[31] 받는 법이었다. 옆에서 세이노도 웃으면서 내게 받으세요, 했다. 억지로 강요하지는 않았다. 만약 진혼귀신을 받았는데 일반 사람들처럼 시술자의 영향을 받지 않고, 소위 말하는 신력에 대항할 수 있다면 나의 이성을 시험해 볼 좋은 기회라고 유혹했을 때는 기분이 조금 나빴다. 진혼을 받고 신을 믿지 않는 사람은 없단다. 또한 내가 생각하는 이성의 힘이 강하다는 것은, 세이노의 해석에 따르면, 나에게 붙어 있는 악령이 한층 더 악성이고 집념이 강하기 때문이란다.

인간은 모조리 악령에 사로잡혀 있다. 진혼이란 올바른 신령의 힘이며, 사악한 악령을 인간으로부터 퇴치한다. 악령을 물리치고 신령이 대신 그 자리에 들어옴으로써 신

---

[31]　영혼을 차분히 하여 무아의 경지로 들어가 신과 일체화하여 신들리는 일.

의 보호가 더해지고, 인간은 올바른 본연의 자세로 돌아
간다. 이것이 귀신(帰神)이다. 그 방법으로는 먼저 시술자
와 마주 앉는다. 시술자는 자신의 의지와 상관없이 목소
리가 나와 복창하지 않을 수 없다. 시술자의 몸이 의지의
생명을 따르지 않게 된다. 그런 다음 올바른 신과 악령의
문답이 시작된다. 시술자가 이름과 주소와 취향과 버릇을
물으면, 피술자가 자기 안의 악령을 대신해 대답한다. 예
를 들어 세이노의 아버지가 너는 이름이 무엇이냐고 물으
면, 나는 지금까지 들어 본 적도 없는 나쁜 신의 괴이한 이
름을 대고, 좋아하는 것이 무엇이냐고 물으면 유부라고
대답하는 식이다. 그런 뒤 올바른 신의 힘으로 악령을 깨
워 인체를 떠나 본래 왔던 곳으로 돌아가라고 명을 받는
다. 최면술과는 다르다. 왜냐하면 피술자는 최면상태에
빠진 게 아니며, 의식이 분명해도 의지에 반하는 언동을 하
게 되고, 다 끝난 뒤에도 시술 중의 자신을 확실히 기억한다
고 한다.

세이노의 중학교 친구에게 들러붙은 악령은 신성을
갖춘 너구리이며, 나에게 들러붙은 악령은 여우라고 한다.
심지어 상당히 집념이 강한 여우라고 한다.

세이노 소년은 수행 덕분에 누굴 보면 그 사람의 악령
이 무엇인지 판단할 수 있게 되었다고 했다. 하지만 타인에

게 진혼귀신법을 시행하는 경지에는 아직 도달하지 못했다고 한다.

만약 내가 진혼을 받는다면, 나를 괴롭히고 사악하게 만드는 악령의 존재가 무엇인지 파악하고, 선도자인 시술자로부터 신의 도움을 받아, 내 안의 본성과 수호신을 일깨워 힘을 키운 후 악령을 퇴치하는 첫걸음을 내디딘다. 이윽고 내 안에 싹튼 선한 마음과 신력으로 스스로 진혼이 가능하게 되면, 악령을 때려 부술 때까지 전쟁이 계속된다. 이 과정을 통해 오모토교가 원하는 올바른 인간이 되고, 신의 자녀가 된다. 이것이 수행의 1단계이다.

이 첫 번째 관문 앞에서 방황하는 창백하고 침울한 사람들이 이 산에 틀어박혀, 자기 신앙과 세이노 아버지의 지도와 조력으로 싸워 나가며, 악령이 퇴치된 신성에 다가가려고 노력하는 것이다. 수행으로 깨달음이 열린다는 건 참선의 경우와 마찬가지인 것 같다.

오모토교에 그런 수행을 할 가치가 있는지 없는지는 차치하고, 사가 수련소 청년들의 침울한 모습이 나를 어둡게 했다. 그러나 세이노 소년은 더없이 순수했다. 세이노 일가의 사람들은 모두 밝고 온화한 얼굴이었고, 고요한 기쁨이 온몸에 흘렀다. 세이노 소년이 자신의 신심이나 오모토교의 기적을 말하는 걸 듣고 있으면, 어린이가 동화 이야기하는 걸 듣고 있는 기분이 든다. 세이노가 벼랑에서 떨어져 상처를 입지 않았던 것도, 내가 사가의 집을 방문한 것도, 신의 기적이라는 거다. 다양한 이야기를 한 후 오쓰치마이라는 걸 보여 주었다.

아야베인가 어딘가의 산속에 신의 계시로 알려진 세상의 비밀스러운 영지에, 저절로 생겼다기보다는 신의 뜻으로 인해 만들어진 거라고 한다. 진흙이 굳은 색을 하고 있다. 좁쌀알 같은 흙 입자다. 큰 종이 상자에 가득 들어 있었다. 입자가 아름답게 늘어서 있었는데, 기계로도 이렇게 곱게 늘어세울 수는 없을 거라고 느낄 정도였다. 이것이 천연의 흙 입자라니 신기하기 짝이 없다. 일본이 국난으로 인해 무너질 위기에 처하면, 무시무시한 기근이 와서 쌀이 없어진다. 굶어 죽는다. 그럴 때, 오모토교 신자만은 신의 은혜를 입은 오쓰치마이를 매일 두세 알 받아 살 수 있다. 그런 재앙이 닥쳤을 때, 신은 인간을 채로 걸러 신의 마음에 드는 자만을 살려 주고, 마침내는 오모토 교도가 국난을 구하여 이들로만 이루어진 국민이 새로운 일본을 빛낼 세상이 온다. 세계의 질서는 새로 수립된다.

나는 환약처럼 생긴 오쓰치마이를 네다섯 알 정도 삼켜 보았다. 어김없이 흙 맛이 났다. 나는 신자도 아니고 지금이 국난의 때가 아닌 탓인지, 배는 고팠다.

나는 사흘째 되는 날 오전, 아침 기도를 마친 세이노 소년에게 작별을 고하고 산에서 도망쳤다.

이단자인 내가 머물기엔 불편했고, 오모토교가 풍기는 분위기가 고통스러웠기 때문이다. 다음부터는 세이노를 만나러 오는 일이 있더라도 숲속 폭포까지 가지 않고, 세이노에게 아래쪽 계곡 숙소까지 내려오라고 해야겠다고 생각했다. 폭포 수련소에서는 편안하게 이야기를 나눌 여유도 없어, 세이노의 마음을 중학 시절로 끌고 오기 어렵다. 나는 오모토교에 관심이 있던 게 아니라, 오모토교를 믿는 소년의 마음을 알고 싶었다. 믿음이 있는 소년의 마음이 내게는 부러웠고, 나의 마음을 깨끗이 씻어 주었다. 만약 오모토교가 사이비 종교라면, 나는 세이노를 그 미궁에서 벗어나도록 해야 할지도 모르지만, 그건 불가능해 보였고, 또 꼭 그래야 한다고 쉽게 말할 수 있는 상황도 아니었다.

세이노 소년은 마음속 괴로운 번뇌를 해결하기 위해 신을 찾게 된 것이 아니다. 일단 한번 반항했다가 신 앞에 무릎을 꿇은 것도 아니다. 아버지가 믿는 종교가 자연스럽게 자신에게 흘러든 것이다. 수행의 길에서도 미신이 아닐까 하는 의심이나 회의에 빠질 일이 없으리라. 평평하고 밝은 길을 즐겁게 걸어가리라. 그렇다기보다 애초에 수행이

필요 없는 신자다. 신앙의 고행길을 지나 어느 높이의 심경으로 기어오르고자 하는 것이 아니라, 태어나서부터 잃어본 적 없는 심경을 더럽히지 않겠다는 신앙으로 버티기만 하면 된다.

세이노가 신앙에 대해 말하는 것을 들어도, 나는 어떠한 압박이나 강제도 느끼지 않았고, 이성적인 반발도 느껴지지 않았다. 나로서는 터무니없는 걸 믿는 광신도로밖에 보이지 않았지만, 사이비 종교처럼 완고하고 딱딱한 느낌도 없었다. 그저 환하고 즐겁게 미소 짓고 있을 뿐이었다. 그 미소에는 다소 수상한 면이 뒤섞여 있으면서도, 소년의 순수하고 깨끗한 신심이 흐르고 있어서, 나는 세이노가 믿는 신앙이 아니라 세이노가 믿는 마음에 기분 좋게 물들어 갈 것만 같았다.

세이노 소년이 폭포수를 맞는 모습을 보면서, 나는 영감을 얻었으며 경이로움에 눈을 크게 떴다.

수행자들은 특별한 뜻이 있어 데운 물로 몸을 씻지 않는다. 폭포와 계곡에서 목욕재계하며 냉수로 몸을 깨끗이 한다. 폭포는 어두운 나무 그늘로 떨어진다. 나는 코닥 카메라를 가지고 있었지만, 감도 50이나 25로는 한여름 대낮에도 떨어지는 폭포를 찍을 수 없다. 낙하하는 수량이 상당하다. 높이가 12미터는 될 것이다. 내가 도착하자마자 세이노는 나를 곧장 폭포로 안내했다. 더우니까 목욕하라는 거다. 세이노는 장발에 고무로 된 해수욕 모자 같은 걸 쓰고 있었다.

오모토교가 장발을 고수하는 이유는 좋은 신이 머리카락으로 들어온다고 믿기 때문이다. 잡신은 손가락 사이로 들어온다면서, 잡신이 드는 걸 막기 위한 손가락 합체 방법을 세이노는 내게 알려 주었다. 폭포에 다가가는 것만으로도 나의 살결은 차게 식었다. 나무 그늘 정자에 앉아 폭포 소리를 듣자 들어갈 마음이 사라졌다.

물소리를 가르며 낭랑한 기도 소리가 들렸다. 앗, 소년의 뒤로 후광이 졌다. 바위 위에 단정히 앉아 폭포를 맞으며 눈을 감고 있었다. 온몸으로 기도문을 외며, 합장한 두 손을 가슴에 바짝 대고 있다. 합장한 팔을 종종 똑바로 앞으로 뻗었다. 손가락 사이로 들어온다는 악령을 떨쳐 내는 형태다.

나는 소년의 몸이 후광에 휩싸여 있다고 여길 수밖에 없었다. 생각해 보면 별거 아니다. 떨어지는 폭포수가 몸에 부딪혀 가느다란 물보라의 우산을 몸 주위에 하얗게 그리고 있을 뿐이었다. 그러나 몸은 아름다운 정신 통일의 모습으로 고요히 움직이지 않았다. 젖은 얼굴이 풍부한 깨달음으로 인해 온화한 빛을 띠었다. 자애와 평화가 넘치는 형상이다. 고행 중이라는 의식도, 그로 인한 육체적 고통도 겉으로 드러나지 않았다. 고행을 통해 혼돈에서 벗어나고자 하는 성심도, 고행으로 고매한 심경에 도달한 기색도 보이지 않는다. 태어난 그대로 무심한 상태에 가까운 자연의 모습이다. 그러나 확실히 성스럽고 거룩하다. 나는 처음으로 눈앞에 보이는 영적인 빛에 소름이 끼쳤다. 그다음으로는 욱하고 반발심이 치밀어 오르며, 나의 정신을 드높이자는 생각이 들었다.

과거에 세이노는 나에게 귀의하지 않았던가. 그러나 폭포수를 후광으로 한 세이노의 몸과 얼굴에 나타난 고매한 정신은 나와 견줄 수 있는 것이 못 되었다. 나는 충격 속에서 한동안 질투를 느꼈다.

폭포를 떠나 내 곁으로 돌아온 소년은 폭포수에 맞은 것 따위는 잊어버린 사람처럼 웃고 있었다. 폭포 아래 있던 사람과는 전혀 다른 사람처럼 여겨졌다. 나는 세이노가 가자고 해도 두 번 다시 폭포에 가지 않았다.

내가 떠날 때, 세이노 소년은 작은 언덕이라고 여겨질 정도로 큰 바위 모퉁이까지 나를 배웅한 뒤, 그 바위에 앉아 골짜기를 내려가는 나를 멀리서 바라보았다.

## 11

〈유가시마에서의 추억〉에서 세이노 소년에 얽힌 추억 부분이 〈이즈의 무희〉처럼 제대로 정돈된 글은 아니라고 앞서도 말했지만, 지금 와서 이 내용을 소설처럼 정리하는 건 부자연스럽다는 기분도 든다. 〈이즈의 무희〉는 거의 〈유가시마에서의 추억〉이라는 수필 원형 그대로 소설다운 책이 되었지만, 이번에 쓰는 〈소년〉은 소설다운 책이 되지 않는다 해도 역시 〈유가시마에서의 추억〉이 가진 원형을 되도록 그대로 살리고 싶다.

중학 시절 일기, 고등학교 시절 작문으로 쓴 편지글, 대학 시절 〈유가시마에서의 추억〉, 이것들을 모두 〈소년〉 속에 모아 놓고, 거기에 쉰 살이 된 지금의 언어를 더하고자 한다. 사가 방문기는 세이노가 '바위에 앉아 골짜기를 내려가는 나를 멀리서 바라보았다.'라는 단락에서 일단 끝이 난다.

다음으로는 세이노 소년이라는 존재가 내게 주는 의미와 감화가 더듬거리는 필체로, 그러나 자유분방하게 쓰여 있다. 그건 나중에 소개하기로 하고, 이번에는 세이노의 신앙을 먼저 다루어 보겠다.

세이노가 내게 어렴풋이 신앙심을 품고 있다고 느낀 건 내가 중학교 5학년이 되던 4월의 일이었다. 세이노가 기숙사에 들어오고 얼마 지나지 않아서다.

나는 열이 나서 자고 있었다. 열 때문에 얕은 잠에서 깨 머리가 멍했다. 그때 의미를 알 수 없는 말을 반복해서 내뱉는 세이노의 목소리가 들렸다. 그 소리로 인해 더 깊이 잠이 들지 못하고 어렴풋이 눈을 떴다. 세이노와 또 한 명의 다른 기숙생이 머리맡에 앉아 있었다. 병간호 중이라는 걸 깨달았다. 세이노는 합장한 채 몸을 흔들며 무슨 말인가 끊임없이 읊어 댔다. 나는 곧바로 눈을 감았다. 내가 잠에서 깼다는 사실을 둘 다 모르고 있었다.

"리리샤샤, 리리샤샤, 리리샤샤, 리리샤샤……."

그렇게 들렸다. 가지기도[32]의 한 종류일 거라고 나는 생각했다.

세이노가 너무 진지했기에, 다른 기숙생은 웃을 수도 없었던 모양이다.

갑자기 내가 눈을 뜨면, 기묘한 기도를 듣고 있었던 걸 세이노가 눈치채 자기 비밀이 탄로 난 것처럼 부끄러워할지도 모른다는 생각에 나는 가만히 있었다. 이마에 댄

32　부처님에게 병이나 재난 등을 피하게 해 달라고 비는 기도.

젖은 수건을 바꿔 줄 때, 눈을 떴다.

이튿날, 나와 세이노는 둘 다 '리리샤샤'에 대한 언급을 하지 않았다. 나는 약간 이상했지만, 세이노의 진지하고 열성적인 태도와 그것이 나를 위한 기도였다는 사실에 호감을 느꼈다. '리리샤샤'라는 소리가 문득문득 떠올라, 나는 혼자서 쓴웃음을 지었다.

좀 친해진 뒤로 리리샤샤가 무슨 뜻이냐고 물어보았다. 세이노는 기분 나쁜 표정도 난처한 기색도 없이, 선배가 모르는 고마운 신의 기도예요, 선배의 병은 그 기도 덕에 완전히 나은 거죠, 라고 말하며 태연히 웃었다.

그 신에 대해 나에게 조금씩 털어놓기 시작했다. 당시에는 앞뒤도 안 맞았고 정리된 내용도 아니었다. 나는 신이라는 존재를 부정하며 세이노의 말을 반박하기도 했다. 세이노가 믿는 신이나 그 신의 가르침이 분명하지 않아서 공격한 것은 아니다. 일반적인 무신론, 아니 그럴 것도 없는 시시한 궤변을 늘어놓았을 뿐이다. 세이노는 궁지에 몰렸고, 자기가 제대로 알려 줄 수 없으니, 집에 와서 아버지에게 물어보라며 자리를 피했다.

세이노는 자기가 믿는 신을 내가 믿지 않는다는 사실을 받아들이기 어려운 듯했다. 부자연스러운 느낌이 드는 모양이었다. 내게 아직 때가 오지 않았을 뿐이라고 여기는 듯했다. 하지만 이윽고 때가 왔다. 그 신을 믿고, 그 신을 위해 봉사하는 일이, 인간이 가진 훌륭하고 올바른 유일한 길이라고 세이노는 믿었다. 따라서 세이노가 보기에 나는 그 신을 위해 태어난 인간이었다. 마침내 세이노가 입을 열었다. 선배는 신의 명령을 받은 인간이다. 신을 위해 큰일을 할 사람이다. 선배 자신은 아직 깨닫지 못하고 있지만, 언젠가는 깨우칠 날이 올 것이다. 세이노는 내가 신에게 선택받은 인간이라고 말했다. 그 말투에는 비꼼이나 완강함 없이, 동심의 발로와도 같은 솔직한 신심이 있었다. 사랑과 경외의 표현이었다. 그렇게 세이노는 자기 신과 나를 하나로 동일시하는 경향을 보이게 되었다. 무의식중에 그 신의 자리에 나를 올려두고 있다는 생각이 들 지경이었다.

세이노의 종교가 오모토교라 불린다는 걸 알게 된 것은 내가 도쿄로 온 뒤였다.

내가 사가의 산중을 방문했을 때는 세이노도 차분해져서 성급하게 신과 나를 연결 지으려 하지는 않았다. 그만큼 내게서 떨어져 신에게로 다가간 것이리라. 하지만 언젠가는 반드시 내가 오모토교의 신 아래 엎드릴 날이 오리라 믿고 안심하고 있는 듯했다.

아무튼 그 리리샤샤의 날처럼, 지금도 세이노는 내가 잘되기만을 빌어 주고 있다. 세이노 같은 사람의 기도야말로 신은 들어주리라.

그러고 보면 지금 내가 오모토교를 믿지 않는다 해도, 일찍이 예언된 세계가 올 때는 세이노의 기도로 인해 내 몸이 신의 가호 아래 안식을 얻으리라.


이런 식으로 휘갈겨 쓰다 보니 약간의 농담도 섞이게 되었다.

하지만 신앙에 관한 입장을 흥미롭게 써 내려간 것도 세이노와의 관계가 있었기 때문이다. 그렇다고 내가 진지하게 오모토교에 관심을 가지는 일은 없었다.

실없이 붓을 놀린 뒤 이어진 다음과 같은 글에도, 역시 반쯤 장난이 섞인 듯하다.


생각지도 못하게 아마기산 기슭 유가시마 온천에서 세이노가 믿었던 신을 만난 것은 어떤 우연이었을까. 어떠한 운명이 우릴 이끌었을까. 사가 산중 폭포수에 몸을 맡기며 세이노가 나를 위해 빌었던, 그 기도의 힘이 운명의 끈을 만들어 낸 건 아니었을까. 내가 종종 이곳을 찾은 뒤로, 이 온천장 가족들도 열렬한 오모토교 신자가 되었다.

## 12

사가의 깊은 산속 큰 바위에 앉아 골짜기를 내려가는 나를 멀리서 바라보았던, 그날 이후 나는 세이노를 만나지 못했다. 나의 스물두 살 여름이었으니, 1920년으로 약 30년 전이다.

중학교 기숙사에서 세이노와 같은 방을 쓴 건 1916년 봄부터 1917년 봄까지이고, 내가 5학년, 부원이었던 세이노와 후배들은 2학년이었다.

그 무렵 일기에서 1916년 12월 14일과 1917년 1월 21일에 쓴 내용을 앞서 옮겨 적어 두었는데, 여기에 다시 세이노의 이름이 나오는 날의 일기를 꺼내 보기로 한다.

일기는 1916년 9월 18일에 시작한다. 11월 23일 일기에 이렇게 쓰여 있다.

'어젯밤에는 침상에 누운 뒤 한마디도 하지 않고 잠이 들었다.

어스름한 새벽 문득 눈을 떠, 따뜻한 세이노의 팔을 잡았다. 나의 왼쪽 팔 한쪽 면 전체에 뭉근한 따스함이 세이노의 피부로부터 전해지는 것을 느꼈다. 세이노는 아무것도 모른 채 내 팔을 껴안고 잠들었다.

이런 일이 잠들기 전이나 잠에서 깰 때, 대략 열흘 전

부터 반복되었다.'

그러니 세이노와의 이런 관계가 11월 23일의 열흘 전부터 있었던 것으로 보인다.

9월 18일 일기에는 세이노의 이름이 나오지 않지만, 이 일기를 처음 쓴 날이므로 여기 옮겨 적는다.

9월 18일 일기에서 11월 23일로 건너뛴다. 그사이 일기는 없다.

1916년 9월 18일. 맑음.

알람이 울지 않아 늦잠을 잤고, 소사가 나를 깨우러 왔다.

잠옷을 입은 채 기상 벨을 울리러 계단을 내려가는 고이즈미와 함께 냉수 목욕탕에 간다.

달이 머리 꼭대기에서 희다.

7시 40분 등교.

체조 시간은 무단결석하고 기숙사 다다미에 엎드려 〈프랑스 이야기〉를 읽는다.

오늘도 아침부터 학교에 가서 뭘 배우고 왔나 생각하면 정말 슬퍼진다. 이교도처럼 학교의 가르침과는 따로 놀면서도, 꾸역꾸역 5년이나 다니며 졸업 근처까지 왔다. 나에게는 이 생활을 버리는 게 진실 추구임을 알면서도 재능이 부족한 나를 믿기 어렵다는 사실과, 생활의 불안에 맞서 싸우는 게 두렵다는 비겁함 때문에 주저하면서 타협하며 살았다. 지금까지 들인 돈과 시간과 노력을 가지고 혼자서 나의 길을 간다면 분명 어딘가에 도달하여, 조금은 더 제대로 된 내가 될 수 있었을 텐데.

그러나 이 생활에서도 조만간 풀려난다.

아울러 이어지는 상급학교에서의 학생 생활이 이와 비슷한 환멸로 끝나는 게 아닌가 하는 불안에 사로잡혀 있다.

아아, 나에게 허락된 모든 생명을 다 불태워 보고 싶다.

별이 아름다운 밤이었다.

우윳빛 떠가 밤하늘 한가운데를 지나간다.

전등불이 꺼진 침실 창문 너머로, 오늘 밤 유난히 선명한 십자가 모양 별을 바라보았다.


가타이[33]

시절은 흐르고 있다.

흐르는 시간 소리가 분명히

느껴진다.


---

**33**　사소설로 한 시대를 풍미한 근대 자연주의 순문학 작가.

저 소리다.

저 소리다.


1916년 11월 23일. 맑음.

내 주변 소년들이 꺼림칙해서 견딜 수가 없다. 다들 날 모멸하는 눈초리로 보고 있는 것 같아서 참을 수가 없다. 두고 보자 하는 적대적인 마음마저 일어서, 입을 꾹 다물고 침묵하게 된다. 이게 다 꽉 막힌 가슴, 뒤틀린 마음 때문이라고 생각하니 부끄럽다. 단순하고 솔직한 사람을 보면 정말이지 나 스스로가 불쌍해진다. 의심 많고 고집 센 나의 마음에는 더 이상 소년의 마음이 돌아오지 않는다.

그토록 믿고 사랑했던 기숙사 부원들에게조차 흥미를 잃은 건 어쩌 된 일일까.

어젯밤에는 침상에 누운 뒤 한마디도 하지 않고 잠이 들었다.

어스름한 새벽 문득 눈을 떠, 따뜻한 세이노의 팔을 잡았다. 나의 왼쪽 팔 한쪽 면 전체에 뭉근한 따스함이 세이노의 피부로부터 전해지는 걸 느꼈다. 세이노는 아무것도 모른 채 내 팔을 껴안고 잠들었다.

이런 일이 잠들기 전이나 잠에서 깰 때, 대략 열흘 전부터 반복되었다.

세이노는 그저 차가운 손을 데워 주려 한 거였다. 단지 그뿐이었다.

아침 식사를 하려는데, 세이노 앞으로 전화가 왔다. 할머니가 돌아가셔서 고향에 가야만 해요, 하고 세이노가 말했다.

방으로 돌아와 스기야마와 둘이, 스기야마에게 온 소포를 감싼 오래된 국기를 대나무 장대로 창문에 내걸었다.

하오리를 주문했다. 산책했다.

세이노가 돌아왔다.

나는 좋은 마음으로 부원을 볼 수 있었다.

아무리 해도 진정이 되지 않아 부원인 고이즈미를 데리고 센리산으로 나갔다. 얼마 전 통학생 Y로부터 소문을 듣고 보고 싶어진 소녀가 있는 병원으로 갔다. 아직 새것 냄새가 나는 문은 닫혀 있었다. 오늘은 휴진이다. 돌아가니 한낮이었다.

머리가 멍하다. 잔디에 드러누워 따스한 태양을 쬐었다.

기숙사로 돌아와 〈죽음의 승리〉를 읽기도 하고 〈부활〉을 펼쳐보아도 마음이 끌리지 않던 찰나, S가 와서 외출했다. T서점에 갔다. 빚은 갚았지만, 아직 이 서점은 정이 안 간다.

1학년생 N이 서점에 있었다. 이 소년을 찬찬히 들여다본다. 나 자신을 쥐어뜯고 싶을 만큼, 울고 싶을 만큼, N은 아름다워 보였다.

조만간 N에게도 사춘기가 찾아와 지금의 아름다움은 사라지리라. 나도 N과 친구들에게서 떠나간다. 이토록 아름다운 것을 눈앞에 두고도, 그것과 아무런 접촉 없이 이윽고 이 마을과도 헤어져야 하는 내 처지가 쓸쓸해 견딜 수가 없다. N은 언제나 내 머릿속에 있다. 그러나 N에게 나는 무엇일까. 꽤 많은 아름다운 소녀의 눈에 N은 귀엽게 비치리라. 지금 나를 죽음으로 유혹하는 게 있다면, 그것은 추한 슬픔이다.

밤에는 강연을 들으러 가지 않고, 자리를 깔고 잠을 청했다.

세이노는 돌아오지 않았다. 고이즈미가 내 옆에서 잤다. 나는 세이노에게 한 것과 같이 고이즈미의 팔을 만지작거렸다.


1916년 11월 24일. 금요일. 흐림.

이삼일 쉬었던 냉수욕을 했다.

흐릿한 날씨가 이어졌다.

마사무네 하쿠초의 〈죽은 자 산 자〉를 읽는다.

우체국에 가서 7엔을 냈다. 기모노 가게 만카에서 주문한 하오리 대금을 지불했다.

산책하고 돌아오는 길에 H와 아다치의 막과자점에 들렀는데, 같은 기숙사 부원인 고이즈미와 스기야마가 들어왔다.

서적을 정리했다. 마음이 편치 않다.

어제까지는 N이라고 부르는 1학년 소년에게 마음을 빼앗겼던 것과 마찬가지로 나의 눈길은 또 다른 1학년인 M이라는 소년에게 옮겨 갔다.

어제 정오쯤, 기숙사의 옛날 자습실에서 열리는 전람회장에서, 나는 아름다운 뺨을 찾아냈다. 모자를 깊이 눌러썼다. 그 밑으로 눈과 눈썹과 이마가 보였다. 오늘은 모자를 쓰지 않아서 뺨까지 보였다. 통학생이고 M이라고 했다. 느낌이 좋은 장밋빛 뺨이다. 나는 그토록 생기 넘치는 뺨을 처음 보았다. 커다란 눈과 짙은 눈썹이 장밋빛으로 감싸여 있다. 아이 같은 장난기가 아직 조금 남아 있다는 점이 특히 귀엽다.

그리고 마을에서 약간 아름다운 소녀를 보았다. 그리 화려하지 않은 옷차림을 하고 있었는데 아이를 안고 있었다. 안경을 꼈다. (의사의 딸이라는 말을 들으니, 여자의 안경이 신경 쓰인다.)

하지만 도대체 이런 게 무슨 소용이란 말인가. 조금이라도 아름다운 것을 보았을 때, 내 마음에 요동치는 것의 실체는 무엇인가.

어째서 나는 이토록 초라할까.

〈신초〉에 실린 〈수난자〉 비평을 읽었다. 아카기 고혜이의 책을 읽으며, 나의 여인을 만날 때까지는 동정을 지키고 싶다고 생각했다.


1916년 11월 25일. 토요일. 비.

간밤에 세이노가 돌아왔다.

부원을 향한 나의 마음이 불안하게 흔들리고 있다.

이제 진짜 사랑은 지나가 버렸는지도 모른다. 남동생처럼 귀여워하며, 오직 나 하나만을 생각해 주었으면 싶은 소년은 없다. 내가 흥미를 잃어 가는 듯 부원들도 나에게서 멀어지는 게 아닌가 생각하면 쓸쓸하다. 여전히 나를 생각해 주면 좋겠다.

다야마 가타이의 〈산장에 홀로 있어〉를 읽었다.

기숙사에서는 어쩐지 침착하게 책을 읽을 수 없어서 산책하고 돌아왔는데, 여전히 마음이 뒤숭숭해 가타오카 군을 데리고 이발하러 갔다.

정오부터 내리기 시작한 비가 길에 물웅덩이를 만들고 있었다.

이발소에서 타월과 비누를 빌려 때마침 나타난 나카자와 군과 함께 가까운 목욕탕에 들어갔다. 말끔해져서 셋이 나란히 돌아왔다.

교문까지 왔을 때, 혼자 하교하던 시라카와가 아름답게 웃으며 모자를 벗고 고개를 숙였다. 우리는 동시에 얼굴을 마주 보며 멈춰 섰다. 누구한테 인사한 건지 알 수 없었다.

시라카와는 전교에서 가장 아름다운 소년이다. 이토록 잘생긴 소년은 달리 없다. 우리보다 한 학년 아래에 무척이나 성실한 사람, 원래는 나의 공상에도 끊임없이 나타났지만, 하얀 얼굴에 작은 여드름이 두세 개씩 보이기 시작하면서 아름다움이 쇠락해 내 기억에서 조금씩 잊혔다. 그러나 오늘처럼 황홀한 소년미와 맞닥뜨린 건 처음이다.

밤, 이쿠타 초코가 번역한 단눈치오의 〈밤의 승리〉를 조금 읽었다.

이제부터는 가케타 군의 습작 〈재생〉을 한번 더 읽자.

떨리는 퉁소 소리가 들린다.

빗소리는 멈추었고, 밖이 어두운지 책꽂이 모양이 유

리창에 선명히 비치고 있다.


1916년 11월 26일. 일요일. 비.

아무리 해도 부원의 따뜻한 가슴과 팔과 입술의 감촉 없이 잠드는 건 쓸쓸하다.

세이노는 아직 정말로 단순한 듯하다.

"제가 속마음을 말하지 않은 건 아무것도 없어요."

하루는 문득 그렇게 말했다.

"진짜지. 진짜지."

나는 집요하게 물었다.

"정말이고 말고요. 하고 싶은 말이 있는데도 입 꾹 다물고 있으면 걱정되어서 견딜 수가 없는걸요."

세이노는 이런 소년이었다. 오기도 강하지만 정직한 아이다.

"제 몸은 선배에게 맡겼으니 원하는 대로 하세요. 죽이든 살리든 마음대로 하세요. 잡아먹든 데려가 기르든 정말로 선배 마음이에요."

어젯밤에도 이런 말을 아무렇지 않게 했다.

"이렇게 잡고 있지만, 눈을 뜨면 떨어져야 하니까."

그러면서 내 위팔을 꼭 안았다.

나는 사랑스러워 견딜 수가 없었다.

한밤중에 눈을 뜨면 세이노의 순진한 얼굴이 떠올랐다. 아무래도 육체의 아름다움이 없는 곳에는 나의 그리움이 깃들지 않는다.


미지근한 공기, 어젯밤부터 내린 비가 학교를 촉촉이 적시고 있다.

냉수욕하고 돌아오자, 기숙사에서 나는 후텁지근한 악취로 숨이 막히는 듯했다. 스기야마의 가여운 악습인데, 스기야마 옆에서 자리를 깔고 자는 고이즈미에게는 딱한 일이다.

어째서 이렇게 주의력이 산만해졌을까. 조금도 가만히 있을 수가 없다. 집필은 물론이고, 책도 집중해서 열 페이지를 읽을 수가 없다. ──이 일기를 쓰는 데도 머리가 지끈지끈 아프다. 미친 듯이 머리를 흔들며 주먹으로 콱콱 때린다.

마을을 어슬렁어슬렁 걷다 돌아와 책상에 앉지만, 그저 번민할 뿐이다. 어떻게 하면 나을 수 있을지 알 수 없어서, 미쳐 버릴지도 모르겠다는 생각이 든다.

이런저런 책을 집어 던진 후에 다카라즈카 소녀 가극의 각본을 두세 편 읽었다.

오후, H군과 외출, 어제 부탁한 모자 수선이 끝나서 학생모를 쓰고 돌아왔다.

일요일 내내 내린 비로 문까지 푹 젖어서 여닫는 게 힘들다.

밤, 가미쓰카사 쇼켄의 〈2대째〉를 읽는데, 가스가가 손가락을 자르는 부분이 충격적이다. 계속되는 두통을 어쩌지 못하고 아무렇게나 머리를 흔들었다.

어째서인지 나는 수술이나 상처 묘사를 읽으면 정신이 나갈 것처럼 두려움에 벌벌 떨게 된다. 머릿속에 강력한 인상으로 남는 건 이런 묘사다. 오사나이 가오루의 〈편지 목욕〉에서 손가락을 자르는 장면, 이즈미 교카의 소설 같은 게 선명하게 각인되어 있다.

밤, 이삼일 만에 별이 떠서, 내일 날씨를 알렸다.

오늘 밤에는 마음이 온통 세이노에게 끌렸다.

아침에 눈을 뜨니, 드물게 지진으로 땅이 흔들렸다.


1916년 11월 27일. 월요일. 흐림.

──이렇게 10매가량 써 둔 일기는 책상 서랍 안에 넣어 두었다. 부원들은 그 사실을 알고 있다. 나보다 바른 마음을 가진 애들이라 괜찮겠지만, 호기심이 생기지 않으리

라는 법은 없다. 또 친구들이 언제 어떤 용건이 생겨 내 책상 서랍을 열어 보지 말라는 법도 없다. 그 생각에 두렵다. 지금의 나는 이걸 가장 가까운 사람에게 보여 줄 용기도 없다. 진짜 속마음을 잇달아 쭉쭉 써 내려간다고 할 때, 누가 이걸 본다면 내게는 큰 문제다. 위험하다. 세이노나 고이즈미 같은 기숙사 부원들은 믿지만, 스기야마가 몰래 읽어 보고 아무렇지 않은 척하고 있는 게 아닌가 싶으면 기분이 좋지 않다. 어떻게든 해야 한다.

침상에서 일어나 창문을 열자, 우윳빛 아침 안개의 작은 입자가 앙증맞게 안으로 흘러들어 상쾌하다.

두 번째 시간에는 윤리 시험이 있었다. 교과서를 참고해도 되므로 학생들은 논문을 쓸 생각으로 문제에 접근해야 한다. "나는——." 하고 내 생각만을 상당히 길게 썼다. 연결이 제대로 이루어지지 않거나, 적당한 단어가 떠오르지 않거나, 앞뒤가 모순되거나 해서 철저한 답안을 쓰지 못했다. 하지만 유쾌하게 답안지를 써냈다. 다만 오래된 도덕에 기대지 않으면, 사토 선생님이 원하는 결론에 도달하지 못한다는 게 괴로웠다.

3시 반, 나는 사와다 시계점에서 기분 좋게 시원한 은시계를 손에 들고, 흥분하여 바라보는 나 자신을 발견했다. 갑작스레 끓어오른 욕망을 억누르지 못하고, 화려한 모양이 조각된 소형 은시계에 마음이 빼앗겨 단숨에 이리로 달려온 것이다.

그러나 소형 제품이 없었기에 점원은 내게 큰 시계를 보여 주었다. 은에 칠보를 새겨 넣은 화려한 무늬가 눈에 들어왔다. 그게 제일 비쌌다. 나의 허영심은 고삐가 풀렸다. 가장 값비싼 제품을 고르지 않을 수 없는 게 나의 나쁜 버릇이자 본능이다.

메달이 달린 가죽끈도 추가했다.

처음에 계획했던 대로 나는 주인에게 통장과 도장을 건네며, 우체국에 가서 적금을 찾아와 달라고 세 번 네 번 집요하게 부탁했지만 들어주지 않기에, 떨떠름하게 혼자 밖으로 나갔다. 11월 초순부터 3엔, 7엔, 이어서 오늘 14엔 20전. 나는 우체국 사람이 신경 쓰여 부끄러웠던 거다. 양심의 가책을 느꼈다.

전등불이 켜진 뒤 가게를 나온 나는, 일부러 멀리 제방을 돌아 시계를 슬쩍슬쩍 훔쳐보며 즐거워했다. 언덕을 내려오자마자 오구치 군을 만났기에 서둘러 메달을 숨겼다.

밤, 옷 가게에서 하오리를 만들어 가져와 주었다. 이 하오리에도 이런저런 추억이 깃들어 있다.

50엔의 적금, 잠옷, 하오리, 은시계, 전부 고아의 상징과도 같은 물건이고 나의 눈물이 깃들어 있다. 할아버지가 돌아가시고 내가 자유롭게 쓸 수 있게 된 유산인 숨겨져 있던 산업 채권 50엔, 바로 그 적금이었다.


1916년 12월 1일. 금요일. 맑음.

——학교에 제출해야 하는 〈생도 일기〉가 급해서, 이 일기를 조각조각 쓰고 있을 겨를이 없다. ——

절기상으로 겨울이 왔다.

얼마 전 산 시계가 아무래도 정확하지 않아서, 사와다 시계방에 돌려주기로 결심하고 갔다. 주인이 자리를 비워서 일단은 맡겨 달라고 했다. 이것과 같은 걸 주문하겠지만, 없다면 이 시계를 수리해 드릴 테니 조금만 기다려 달라는 것이다. 후자라면 어떻게든 거절하고 오사카에 가서 훨씬 더 세련되고 비싼 것을 사자.

세이노가 정말로 좋아졌다.

"나의 펭귄이 되어 줘."라고 말하자, "되어 드릴게요." 하고 말했다.


1916년 12월 2일. 토요일. 비.

영문법 시험은 복습을 전혀 하지 않았는데도 그린대로 잘 봤다.

기숙사에 돌아온 뒤 신경이 쓰이던 사와다 시계방에 갔는데, 오사카로 보낸 사람한테서는 아직 소식이 없다.

목욕탕에 갔다. 나만큼 목욕을 좋아하는 사람도 드물 것이다. 목욕하고 가까운 우동 가게에 들어가 고기우동과 고기전골을 먹었다. 꾀죄죄한 아이가 익숙하게 안으로 들어왔다. 이런저런 이야기를 나누는 사이 곧바로 허물없이 친해져서 우동과 고기를 손바닥에, 그다음엔 뚜껑에 덜어주었다. 허겁지겁 먹는 모습이 가여웠다. 가게 사람에게 물으니 어디 사는 아이인지 모른다고 한다.

기시모토 서점에서 산 〈신초〉와 도쿄에서 주문한 〈문예잡지〉를 빗방울 듣는 우산 아래 펼쳐 읽으며 돌아갔다.

스기야마는 고향에 갔고, 세이노와 고이즈미와 나뿐이다. 어쩐지 기숙사 안 공기가 부드러워진 느낌이다. 스기야마에게는 나쁜 버릇으로 인한 냄새가 들러붙어 있어서 아무래도 좋아하기 어렵다. 세이노, 고이즈미……? 나는 더욱더 사랑에 불타는 소년들과 방을 만들고 싶다.

생도 일기를 서둘러야 하지만, 오늘 밤은 잡담을 나누며 보내고 싶어서 고이즈미도 함께 화로에 둘러앉았다.

오구치 군이 와서 부탁할 일이 있다면서 편지를 보여

주었다. 나와 같은 마을 출신인 승려 아들 가와치가 보낸 것이었다. 나는 오구치 군을 통해 이 소년에게 소설책을 꽤 많이 빌려주었고, 그가 문학에 빠져 절을 물려받는 데 만족하는 걸 꺼린다는 사실도 알고 있었다.

오구치 군은 이 편지를 받은 어제 K군, M군 등과 시끄럽게 떠들고 있었고, 수업 중에 M군이 대신 답장을 쓰고 있기에, 아마도 여자에게서 온 편지일 거라고 나는 생각했다. 나에게도 반드시 보여 줄 거라면서 기다렸다. 하지만 이름이 남자라 한순간 실망했다.

읽어 보니──가와치라는 소년은 이슥한 가을밤, '죄 없는 여동생, 아직 이성에 눈뜨지 않은 여동생'의 자는 모습을 들여다보면서, 오구치 군의 편지에 답을 하지 않을 수 없어서 쓴다고 했다. 순수한 사랑, 여동생을 향한 사랑이라면, 나는 둘도 없는 내 친구의 여동생을 향한 사랑을 기꺼이 인정하겠다. 나는 젊은 여성을 사랑하는 마음에 어두운 욕망이 동반한다는 걸 알고 있다. 그러나 나는 진심으로 너를 믿는다. 성실하게 사랑해 준다면, 나는 너에게 이러쿵저러쿵 말할 만큼 무식하지는 않다.

그리고 오구치 군이 나에게 부탁하고 싶은 건 가와치에게 〈수난자〉라는 책을 빌려주기로 약속했으니 빌려 달라는 내용이었다. 나는 마지못해 승낙했다.

오구치 군의 사랑에는 호기심이 많은 듯하다. 그 여동생은 어떤 아일까. 보고 싶다. 아무튼 나는 오구치 군의 이런 용기가 부럽다. 상당히 저돌적인 행동을 한다. 애인의 오빠에게 들켜버린 이상, 어떤 식으로 책임을 질 생각일까. 많은 친구에게 편지가 읽히고, 대필한 답장을 읽게 만들다니, 가와치와 그 여동생이 성실한 사람이라면 가엾다. 가와치도 오구치 군을 어디까지 믿고, 여동생을 얼마나 중시하는지, 사랑을 어떻게 생각하는지 모르겠지만, 조금 무책임하다.

내가 누군가에게 사랑을 고백하는 용기는 언제쯤 생길까. 슬픈 일이다. 나는 오구치 군의 사랑이 이루어지기를 기대하지 않는다. 질투인가.

밤, 오른쪽에는 세이노의, 왼쪽에는 고이즈미의 팔을 안고 잠이 든다.


1916년 12월 3일. 일요일. 맑음.

시계에 마음을 빼앗겨 차분해지지 않는다.

아침 식사를 마치자마자 〈쓰레즈레구사〉의 청구서와 통장을 들고 도리야 서점으로 갔다. 막 일어난 듯 보이는 주인은 지금 책이 없으니 주문하겠다고 했다.

마을에는 아침 안개가 흔들흔들 흘러가고 상쾌하다. 시계방은 아직 문이 닫혀 있다. 조바심이 난다. 주인이 일어날 때까지 산책이라도 하자는 마음에 T마을로 향하는 들판 길로 들어섰다. 가와치에서 고구마를 쌓아 오는 자동차를 만났을 뿐 지나는 사람은 없었다.

가슴을 활짝 펴고 성큼성큼 걸었다. 몸 깊은 곳에서부터 기쁨이 끓어올라 투지가 샘솟았다. 오늘 아침 규칙서를 청구하는 편지를 보낸 제1고등학교에 입학하자는 마음이 진심으로 들었다. 일찍이 게이오나 와세다 문과로 가자고 정했던 나의 머릿속에, 갑작스럽게 제국대학이 떠오르고 제1고등학교가 떠올랐다. 돌연 어젯밤부터 제1고등학교를 향한 동경에 눈을 떴다.

30분 정도 산책하고 사와다 시계방에 들렀다. 잠시 후 일어난 주인이 오더니, 같은 형태의 시계는 오사카에도 없는 것 같다며 참아 달라고 하기에, 다시 원래 시계를 들고 돌아갔다.

호리 서점에서 톨스토이 총서 〈이반 일리치의 죽음〉을 현금으로 샀다. 이제 내게는 20전 정도밖에 없다.

생도 일기를 쓴다.

오후, 시계의 큰바늘과 작은바늘이 제대로 시각을 가리키지 못해서 맞추려고 만지작거리다가 뚝 하고 부러뜨렸다. 사와다 시계방에 가는 건 부끄럽고 이시이 시계방에 가서 바꿔 달았다.

S군이 가자고 해서, 오다마키[34]와 오리고기 볶음을 먹고 입욕했다.

내일 입체기하학 시험이라 소등 후 도서관 열람실에서 공부를 조금 하고, 그런 뒤 자습실에서 N군과 11시경까지 이야기를 나누었다.


1916년 12월 6일. 수요일. 맑음.

아침에 교토의 M에게 띄우는 편지를 우체통에 넣었다.

가케타 군이 〈Guy de Maupassant's Stories〉를 가져와 주었다.

지리 시험, 교과서를 참조해도 되는 것치고는 무척 어려웠다.

대수학도 열심히 했다. 국어도 착실히 수업을 들었다. 역사도 진지했다. 제1고등학교에 수험을 치기로 결심했기에──.

점심을 먹고 교실에서 십이지장충 검진이 있었지만,

---

**34**  삶은 우동에 닭고기와 채소, 버섯, 은행 등을 넣고 계란을 풀어 찐 음식.

어물쩍 넘어갔다. 우리 기숙사 부원들은 모두 의심받고 있어서 검진해야 했다.

공부를 위한 운동이라고 생각하고, 목욕탕 갈 채비를 한 뒤 외출했다.

목욕탕에 아는 사람도, 젊은 사람도, 여자도 주변에 없다는 걸 확인한 나는, 처음으로 거울에 비친 나의 육체를 꼼꼼히 들여다볼 수 있었다.

육체의 미, 육체의 미, 용모의 미, 용모의 미, 나는 얼마나 미를 동경하고 있는가. 나의 몸은 역시 창백하고 힘이 없다. 나의 얼굴은 약간의 젊음도 깃들지 않고, 누렇게 그늘진 눈은 날카로이 충혈되어 있다고 해도 좋을 정도로 빛난다.

도라야 서점에 가서 아오키, 사노 두 사람이 해석한 〈쓰레즈레구사 신역〉을 주뼛주뼛 받아 들고는, 얼마 전 점주에게 사감이 청구한 내용을 전한 뒤 도망치듯 나왔다. 지난번에 빌린 〈신초〉도 그렇고 〈쓰레즈레구사〉도 서점에서는 내 말을 어떻게 생각할까.

모모세 책 대여점에 가서, 히로쓰 류로의 〈이마도 신주〉와 다카하마 교시의 〈하이카이시〉를 빌렸다.

밤, 스텝 제4독본의 1과와 2과를 살펴보고, 대수학도 조금 했다.

스기야마는 오늘 밤도 공부하느라 깨어 있나.


1916년 12월 7일. 목요일. 맑음.

어젯밤, 정말로 나의 부원들을 사랑해야겠다고, 더욱 구김 없이 부원들의 마음에 살고, 더욱 순수하게 나의 가슴에 안아 주어야겠다고 절실히 생각했다.

오늘 아침에도 세이노의 가슴과 팔과 입술과 치아가 내 손에 닿는 감촉이 사랑스러워 어쩔 줄을 몰랐다. 나를 가장 사랑해 주고, 나의 모든 것을 받아들여 줄 존재는 이 소년이 분명하리라.

우부카타 도시로에게서 또 엽서가 왔다. 만년필로 흘려 쓴 필체로, 7일 오후 4시부터 오사카 다카즈 신사 내 우메야에서 〈문예잡지〉 친목회를 열 예정이니 꼭 참석해 달라고 되어 있었다. 무척 기뻤다. 꼭 가고 싶다. 한문 시간에 반드시 가야지, 소매 달린 기모노와 새로 맞춘 하오리를 입고 가자, 우체국에서 돈을 얼마나 찾아가야 하나, 이런저런 생각에 안절부절못하며 교실을 나왔다. 이나바 선생님에게 집에 일이 생겨서 고향에 다녀오겠다는 허락을 받으러 교무실로 막 들어가려다가 잠시 생각했다. 친목회에 모이는 사람들과 이야기하는 나의 연령은? 거기다 지식은? 더 중요한 나의 풍채와 용모는? ……나는 축전만 칠까, 생각하다가 돈이 없다는 걸 깨닫고 그것도 관두고, 우부카타가 도쿄에 돌아가면 편지라도 써야겠다 싶다. 3시경에는 이미 그런 건 잊어버리고 있었다.

첫 시간의 체조가 끝났을 때, 갑 반의 U군이 "너, 잠깐만." 하고 부르기에 가니, 이번에 도쿄의 중학생과 여학생이 모여 문예잡지를 발행한다는데 너도 회원이 되지 않겠냐고 한다. 기뻐하며 승낙한다는 뜻을 밝혔다.

제1고등학교를 향한 의지가 더욱더 높아진다.

밤은 물처럼 흐르는 달빛.


(1916년 12월 14일 일기는 앞서 언급했기에 여기서는 생략한다.)


1916년 12월 23일. 토요일. 맑음. 귀성.

긴 방학이 다가오자, 집 없는 아이의 슬픔이 조금씩 배어 나온다.

해가 바뀌고 7일까지는 부원들과도 만날 수 없기에, 어젯밤에는 각자 간식을 가지고 모여 파티를 열었고, 오늘 아침에는 세이노를 안고 입맞춤했다.

영어 시간, 구라사키 선생님이 2학기 영어 성적을 알려 주었다. 독해 90점, 영작 회화가 91점, U군에게 1점인가 2점 뒤졌을 뿐, 을 반 치고는 좋은 편이었다.

체조는 '맨발로 무장해서 모여.'라는 지시가 있었고, 스기모토 선생님의 호령에 맞춰 중대 교련을 했다. 선생님은 안타까울 정도로 군대를 잘 모르신다.

점심 식사 후 종업식이다.

종업식 뒤에 있을 본교 졸업생 해군학교 학생 누구누구의 강의는 듣지 않고 기숙사로 돌아와 참고서 의뢰 등을 정리했다.

고이즈미는 2시 기차로 돌아갔다.

내가 기숙사에 없는 동안 세이노도 떠났다.

나도 2시 기차를 탈 수 없는 건 아니었는데 꾸물꾸물하고 있었다.

다들 떠나서 외로워졌기에, 나도 내일 있는 석관 운반에 참석하기로 새로이 마음을 먹고 소매 달린 하오리(쓰노에에서 받았다고 편지에 써 두었다.)와 칠보 회중시계를 달고 기숙사를 나왔다.

도중에 가타오카 군을 기다렸다가 역에 가니 먼저 나온 학생들이 많이 있었다. 보자기 세 개를 안고 탔다. 모두

와 함께 머나먼 나라의 끝까지 여행하고 싶다는 애상에 잠겼다.

다음 역에서 내려, 벌써 서쪽 하늘이 노랗게 물들어 가는 들판을 인력거로 달렸다. 걸어가는 중학생을 따돌리고 외삼촌 댁으로 돌아왔다.

집에 들어가 화로 옆에 앉자마자 시계와 하오리를 보여 주었다. 그리고 모자랐던 차비 5전을 받았다.

제1고등학교에 가고 싶다고 편지에 썼는데 답장을 아직 받지 못해서 괜스레 입을 다물게 됐다. 특히 사촌 형하고는 대화를 이어가기 힘들다. 제1고등학교에 가고 싶다는 나의 희망이 여전히 불안정하다는 걸 생각하면 허탈했다.

따분해서 짐 정리를 한 뒤, 귀성할 때마다 늘 그랬듯 골방에 앓아누운 할머니에게 인사를 하러 갔다. 이 집안사람이 나에게 품은 불만은 언제나 할머니에게서 들을 수가 있었다. 나는 그게 두려우면서도 모르고 넘어갈 수가 없었다. 오늘은 내 편지의 반향을 알고 싶었지만, 할머니는 그 내용을 잘 모르는 듯했다. 그저 다네요시가 죽었다는 것과 우리 마을 소식이 다였다.

밤에도 제1고등학교 이야기는 나오지 않았다.

잠자리에 들어 사촌 형에게 H중위가 어떻게 지내는지 물어보았는데, 올해도 육군대학에 떨어져서 그냥 포기하고 대위로 승진해 중대장이 되었고, 그 정도에서 일생을 마칠 것 같다는 이야기 정도밖에 듣지 못했다.


1916년 12월 29일. 맑음. 눈이 녹음.

편히 잠을 청할 수 없는 밤이 이어진다.

어제에 이어 오늘 아침 일찍부터 소작인들이 마당에 쌀가마니를 날라 온다.

외숙모는 두통이 극심한지 비쩍 마른 모습으로 드러누워 계신다.

할머니가 불러서 골방에 가니, 오늘 마을에 가서 피부 습진약, 탈지면, 시골 만쥬, 양귀비씨 만쥬를 사다 달라면서 1엔을 건넸다. 오늘 학교 다녀오는 길에 사 오겠다고 약속했다.

어제 일기를 쓰고 변소에 가는 척하면서 외숙모가 누워 계시는 방에 들어가 안마를 해 드렸다. 있는 힘껏 누르자, 몹시 시원하신지 연신 고맙다고 인사하셨다.

〈쓰레즈레구사〉를 조금씩 읽고 있다.

아침에 자전거를 타고 마을 은행에 갔다가 거기서 오사카를 돌고 오겠다던 사촌 동생의 귀가가 늦어져, 집에서 다들 걱정하고 있었다.

할머니가 하도 재촉하기에 나만 빨리 점심밥을 먹고, 사촌 형에게 참고서 비용 1엔 50전을 빌려 하카마에 하오리를 입고 집을 나섰다.

눈이 녹아 질척거리는 땅이 기분 나쁘다. 들판의 눈은 아직 녹지 않았다.

역에서 가케타 군을 만났다. 학교에서 성적을 보고, 잡지를 사고, 돌아오는 길에 오사카에 간다고 한다. 문학 이야기가 나왔다. 여러 잡지 신년호 소문이 돌았다.

가케타 군은 도쿄에 가서 열심히 공부하겠다고 했는데, 소란스럽게 열린 친족 회의에서 부결되어 갈 길을 잃었다고 했다. 시미즈 군 이야기도 나왔다. 시미즈 군은 아사히신문에서 500엔 현상금을 내걸고 공모하는 장편소설을 진지하게 집필하고 있단다.

"시미즈도 네가 오는 때를 알려 주면 그때 오겠다니까 언제 한번 우리 집에서 셋이 만나자."

가케타 군이 말했다.

학교는 조용했다.

학생 휴게실로 들어가 제일 먼저 내 성적을 보았다. 75점에 8등이다. 4학년에서 5학년으로 진급할 때 10등이었고, 1학기 끝나고 18등이었으니 석차도 올랐다. 학교 성적 같은 건 아무래도 상관없지만, 얼빠진 얼굴의 시시한 녀석들이 내 뒤에 앉아 있다고 생각하니 굴욕감이 느껴졌다. 앞에서 두 번째 줄이었던 2학기는 바보 같았다. 입학시험에서 수석으로 1학년에 들어온 이래 석차가 점점 떨어지고 있었다. 그까짓 것, 이라고 생각은 하면서도 여전히 쓸쓸했다. 남에게 더는 이상 인정받지 못한다. 이를 보복하기 위해서라도 제1고등학교에 입학해야겠다고 지금은 다짐한다. 기차 안에서도 가케타 군에게, 내가 고등학교를 지망하게 된 건 육체적으로나 성적 면에서도 열등하다고 나를 멸시한 선생님과 학생을 향한 보복의 마음이 주요 원인이었다고 말했다.

같은 을 반에서는 H군이 76점을 받아 3등 한 걸 보고 놀랐다. M군은 동점으로 6등이다. 오구치 군은 점점 떨어졌다. 성적표를 자세히 들여다보니, 내가 잘 못하는 물리 과목에서 첫 번째 시험은 결석했고, 두 번째는 이틀이나 자정 무렵까지 공부했음에도 생각지도 못한 실패를 겪었으며, 생도 일기는 미루었고, 국어와 한문을 가볍게 본 일 등이 점수를 받지 못한 주요 원인이라, 평균 점수 2점이나 3점은 어찌저찌 올릴 수 있을 듯했다. 기숙사 동급생의 성적을 노트에 적었다.

기숙사로 들어가 우체국 통장과 도장을 가지고 나와 우체국으로 갔다. 우체국에서는 못 보던 젊은 아가씨가 사무를 보고 있었다. K씨의 아내인지도 모른다. 귀여운 소녀였다. 얼굴이 하얀 K씨도 있었다.

도라야 서점에 가서, 후지모리 료조의 〈기하학 푸는 법과 생각하는 법〉, 〈대수학 배우는 법과 생각하는 법과 푸는 법〉 각 상권, 시미즈 씨의 〈유스 오브 라이프 강의〉, 〈주오코론〉 신년호를 사고, 사촌 형에게 받은 돈으로 우체국에 낼 돈을 지불했다.

가케타 군과 헤어져 기숙사로 돌아간 뒤 안감을 댄 기모노를 보자기에 싸서 서둘러 역으로 갔지만, 2시 기차는 타지 못했다. 우표와 엽서를 샀다.

우리 집을 팔 때 와 준 마을의 골동품 가게에 들렀다.

하늘이 석양으로 물들 무렵 집에 도착했다.

길을 걸으며 다니자키 준이치로의 〈인어의 비탄〉을 읽었다.


이 12월 29일 일기에 중학교 4, 5학년 시절 성적까지 적혀 있을 줄은, 쉰 살이 된 나로서는 뜻밖의 일이었다.

이 무렵 나의 중학교는 성적에 따라 학생을 갑을병 세 반으로 나누었다. 그러니 을 반의 여덟 번째라 해도 그 위에 성적이 더 좋은 갑 반이 있는 것이다. 수석으로 입학한 나는 물론 처음에는 갑 반이었지만 몇 학년 때인가 을 반으로 전략했다. 을 반의 여덟 번째라는 건 전체의 중간보다 약간 위의 성적이다.

고등학교도 입학 성적은 나쁘지 않은 편이었는데, 그 뒤로 점점 더 내려갔다.


## 13


1917년 일기는 1월 9일부터 시작한다. 9일에서 16일로 건너뛴다. 그리고 22일에 끝난다.


1917년 1월 9일. 화요일. 맑음.

겨울 무술 연습에는 기숙사 학생 전원이 참가해서 I가 일찍 깨우러 왔다. 우리 방에서는 고이즈미, 스기야마가 출석하고, 세이노는 결석했다. 창밖은 여전히 밤이다.

이불 속에 넣어 두는 화로가 차가워져서 밖으로 빼니 추워서 몸이 오그라든다. 조례 종이 울려서 조례하러 갔다. 세면장이 얼어 있었다.

가타오카 군에게 제1고등학교 일람표를 빌렸다.

등교하니 석차가 붙어 있었다.

미술 시간에 S군에게도 말한 것처럼, 나는 고등학교를 거쳐 제국대학에 진학한다면 차라리 문학을 다루는 학자가 되는 게 어떨까 싶다. 창작 쪽 재능이 점점 의심스러워지면서 사실 요즘 나의 마음은 그런 쪽으로 기울어지고 있다. 그러나 아직 진짜로 붓을 놓은 건 아니다. 아니 놓을 수 없으리라. 먼일이다.

기숙사로 돌아와 〈쓰레즈레구사〉와 대수학을 공부했다.

오늘 체조 시간에 스기모토 선생님으로부터 〈졸업 후를 위하여〉라는 교과서를 받았다. 어제나 오늘이나 선생님의 어조에는 숙연한 데가 있다. 나도 더는 악의를 품고 싶지 않고, 감사 인사를 드리고 싶다. 학교에서 학생으로 지내는 동안은 되도록 교칙에 따라 성실하게 생활하는 게 역시 가장 진실된 생활이라는 생각이 든다.

이부자리를 깔고, 이불 속 화로에 일찍이 몸을 녹인다.


1917년 1월 16일. 화요일.

아베 지로의 〈예술을 위한 예술과 인생을 위한 예술〉을 괴로워하며 읽는다. 대단히 좋은 논문 같지만, 머릿속에 선명한 울림을 주지는 못한다.

　S군과 우동을 먹으러 가기로 했는데 나도 같이 가자고 T군이 불러서 같이 나갔다. 도라야 서점에 들렀더니 야마사키 테이의 〈신영문해석연구〉가 들어와 있어서 받아 갔다. 사람이 많이 다니는 길에 있는 야마신이라는 우동 가게에 들어간다. 거기에 후쿠야마 선생님이 불쑥 들어오셔서 숨을 여유도 없이 고개를 푹 숙였다. 난처하다기보다는 우스워서 견딜 수가 없었다. 가게 종업원에게 들으니, 바로 옆에 서 있었는데도 눈치를 못 챘다고 한다. N군, M군도 왔다.

　T군이 권해서 담배를 피웠다. 시미즈, 가케타, 그밖에 다른 통학생도 온다.

　다시 도라야 서점에 들렀다가 다카하시 다리 건너 공원을 산책하고, 우리를 위해 1엔 가까이 돈을 내준 통학생 S군과 헤어져 딱 저녁 식사 시간에 돌아왔다.

　밤, 스기야마가 간식을 먹자고 했지만, 나는 돈이 없어서 건성으로 둘러대고 넘어갔다.


1917년 1월 18일. 목요일. 맑음.

어젯밤 소등 후 40분쯤 지나 어둡고 찬 침상에 들어갔더니, 그때까지 깨어 있던 세이노가 자기 팔과 가슴과 뺨으로 차게 식은 내 손을 따뜻하게 데워 주어 정말로 기뻤다. 오늘 아침, 뜨겁고 긴 포옹. 누가 보더라도 이상하게 생각하리라. 세이노가 무슨 생각인지는 잘 모르겠다. 그러나 나로서는 그 이상을 해 줄 수 없다.

방과 후 외출하여 〈문장 궤범〉을 찾아다녔다.


1917년 1월 20일. 토요일. 흐림.

47엔의 우편 적금도 1엔 정도밖에 남지 않았다. 며칠 전 인출한 1엔 80전도 지갑 안에 남은 게 50전짜리 은화 한 개뿐이라 쓸쓸하다. 아무래도 내 핏속에는 도련님 기질이 흐르는 게 분명하다. 허영심 때문에 괴로운 경험도 했다. 부모님 없이 친척 손에 맡겨졌다는 슬픔도, 주된 생각은 돈에 자유롭지 못하다는 데 있는 듯하다. 가끔 돈에 탐욕스러워진다. 친구나 그 밖의 다른 이들에게도 이해타산적인 입장이 되는 자신을 문득 발견할 때, 참을 수 없이 쓸쓸하다.

친구를 향한 이 허영심에 꽤 많은 책이 희생되었다. 오늘 아침에도 요사노 아키코의 〈여름에서 가을로〉, 〈여자의 일생〉, 기타하라 하쿠슈, 도이 반스이 시집 등을 오사카로 가는 보자기 속에 챙겨 넣었다.

자습실에 아니바 선생님이 계셔서 뒷문으로 빠져나가지 못하고, 1시 기차를 놓쳤다.

역에서 교장 선생님을 만났다. 하는 수 없이 시치미 뚝 떼고 인사했다. 손에 보따리가 있었으니 틀림없이 귀성이라고 생각하셨을 터다.

늘 가는 후쿠시마의 헌책방에서 지저분하게 언쟁하며, 나의 책으로 1엔 70전, 세이노의 몇 장 빠진 사전으로 80전을 얻었다.

다른 서점에서 〈마스카가미 새 해석〉, 스마일스의 〈품성론 강의〉, 하마노 도모사부로의 〈새 번역 논어〉를 구했다. 이제 세이노에게 줄 돈을 빼면 30전도 남지 않는다. 서둘러 역으로 향했다.

플랫폼에서 부드럽고 아름다운 소년을 발견해서 같은 칸에 타고는, 내릴 때까지 바라보며 병적인 망상에 잠겼다.

흐린 하늘에서 잠시 비가 내리더니 그쳤다.


(1917년 1월 21일 일기는 앞서 소개했으므로 여기서는 생략한다.)

1917년 1월 22일. 월요일. 맑음.

아침 U군에게서, "도쿄의 E에게서 편지가 왔는데, 여학생 신분으로 중학교 기숙사에 편지를 보내기가 어려우니 이야기를 잘 좀 전해 달라는 전갈이 왔다."라는 말을 들었다. 나는 아무렇지 않은 척하며, 그저 얼마 전에 내가 쓴 편지에 답장한 것뿐이라고 대답했다.

기숙사에서 실시한 자습 세 시간 동안 집중해서 공부할 수가 없었다. 한 시간째가 끝날 무렵부터 구운 떡을 먹고 싶다면서 추운 운동장을 넘어 울타리를 몰래 빠져나왔지만, 벌써 다 팔리고 없어서 아다치 과자점에 들러 양갱과 전병과 귤 따위를 사서 돌아왔다. 기숙사 부원들과 나눠 먹고 있는데 오구치가 왔다. 어젯밤 일이 있었는데도 여전히 무관심하고 무신경하다. 모욕을 당한 기분이다. 영어 공부를 하다가 약간 다른 의견이 생기면, 오구치는 다수결로 정하자며 해맑게 기숙사 안을 돌아다녀서, 나의 분노를 드러내지 못하고 말았다.

소등 후 자습실에서 〈쓰레즈레구사〉를 공부하는데, 방에서 세이노와 고이즈미가 자고 있을 거라는 생각에, 오구치가 불안해서 가만히 있을 수 없었다. 서둘러 돌아왔다. 일부러 발소리를 죽이고 계단에 올라, 복도와 문을 내내 응시하며 방으로 들어갔다. 아무 일도 없었다.

세이노가 눈을 떠서 매일 밤 그렇듯 따스한 팔과 가슴의 촉감에 젖어 들었다.


1916년 9월부터 1917년 1월까지 5개월 간의 일기에서 세이노의 이름이 나온 날을 전부 옮겨 적어 두었다.

이 일기를 쓰고 2개월 정도 후에 나는 중학교를 졸업해 도쿄로 갔다. 세이노와의 사랑은 졸업할 때까지 이 일기와 같은 분위기로 쭉 이어졌던 것 같다.

그러나 5개월 동안 세이노와 나눈 사랑은 발전도 변화도 증감도 그다지 눈에 띄지 않는 듯하다. 우리는 애증이라는 말을 꺼낸 적도 없었다. 사랑의 시작도 그 흐름도 자연스럽고 안온했다는 게 추억을 부드럽고 따뜻하게 한다.


## 14

중학 시절 일기가 끝났으니, 여기서 다시 대학 시절 〈유가시마에서의 추억〉으로 돌아가겠다.

앞서 '다음으로는 세이노 소년이라는 존재가 내게 주는 의미와 감화가 더듬거리는 필체로, 그러나 자유분방하게 쓰여 있다. 그건 나중에 소개하기로 하고……'라고 말을 아껴 두었던 대목을 이제 펼쳐 보일 순서가 되었다.

고등학교 시절 편지에, '그런 너는 나에게 있어 구도의 신이었어. ……너는 나의 인생에서 신선한 충격이었다.'라고 적어 둔 부분과도 맥이 닿는다.

그러나 고등학교 시절 편지는 중학 시절 일기를 보지 않고 썼고, 〈유가시마에서의 추억〉을 쓸 때는 중학 시절 일기나 고등학교 시절 편지도 잊고 있었다. 쉰 살이 된 지금 비로소, 이 세 기록을 맞추어 보는 것이다.

〈유가시마에서의 추억〉에서 세이노가 큰 바위에 앉아 골짜기를 내려가는 나를 배웅하고, 거기서 사가 방문기가 일단락된 다음, '인간은 태어난 후……'라고 하는 그 더듬거리는 감상이 이어진다.


인간은 태어난 후 자신이 처한 환경이나 상황에 따라, 혹은 태어나기 전, 말하자면 유전으로 자기도 모르게 자신에게 물든 것을 스스로 씻어 내고, 거기에서 도망쳐, 어떤 지점까지 되돌아오지 않으면 진짜가 아니라고 생각한다. 자기도 모르게 자신에게 물든 것을 가령 오모토교에서 알기 쉽게 악령이라고 부른다면, 진혼귀신도 필요 없으리라.

내가 스무 살 때, 유랑 예능인과 오륙일 동안 여행하고, 순정을 느끼고, 헤어지며 눈물을 흘린 것도 그저 무희에게 느낀 감상 때문만은 아니었다. 지금에서야 무희가 사춘기에 접어든 여성으로 옅은 연정을 내게 내비친 것은 아니었나, 하는 쓸모없는 기분으로 무희를 떠올린다. 그러나 그때는 그렇지 않다. 유년 시절부터 평범하지 않은 불행과 부자연 속에서 자란 나는, 그런 탓에 완고하고 비뚤어진 인간이 되어, 주눅 든 마음을 작은 껍질 속에 가두고 있다고 믿으며 그런 기분에 몹시 괴로워하고 있었다. 타인이 호의를 베풀면, 이런 인간인 내게 그런 온정을 나누어 준다는 데 한층 큰 고마움을 느꼈다. 그렇게 나의 마음을 기형이라고 느끼는 게, 오히려 나를 그 기형에서 벗어나기 어렵게 만든 것 같기도 하다.

　　그러나 내가 그런 식으로 생각한 건 물론 내게 그런 결함이 있다는 뜻이지만, 나의 기이한 상황에 소년답게 어리광을 피우는 감상이 다분히 있고, 감상의 과장도 있다는 걸 깨닫게 되었다. 아주 괴로워할 정도까지는 아니라고 생각하게 된 것이다. 이 발견은 나에게 기쁨이었다. 내가 이것을 깨달은 것은 사람들이 내게 내비치는 호의와 신뢰 덕분이다. 이게 웬일인가 싶어 나는 자신을 돌아보았다. 그와 동시에 나는 어둠에서 탈출할 수 있었다. 나는 전보다 더 자유롭고 솔직하게 걸을 수 있는 광장으로 나왔다.

고등학교 기숙사 생활이 한두 해 만에 몹시 싫어졌다. 중학교 5학년 때 기숙사에서 멋대로 살던 것과는 달랐기 때문이다. 그리고 나의 유소년 시절이 남긴 정신적 병증만을 신경 쓰며, 나를 불쌍히 여기는 마음과 나를 싫어하는 마음 때문에 견딜 수가 없었다. 그래서 이즈로 갔다.

여행자의 감상과 오사카 평야의 시골밖에 모르는 나에게, 이즈의 시골 풍경은 느긋하게 마음을 어루만지는 구석이 있었다. 그리고 무희를 만났다. 소위 유랑 예능인 근성과는 요만큼도 닮지 않은, 들판의 냄새가 깃든 정직한 호의를 나는 받았다. 내가 좋은 사람이라고 무희가 말했고, 그녀의 새언니가 수긍한 그 말 한마디가 내 마음에 똑하고 상쾌하게 떨어져 내렸다. 내가 좋은 사람인가 싶었다. 그렇다, 좋은 사람이다. 스스로 답했다. 평범한 의미에서 좋은 사람이라는 말이, 내게는 빛이었다. 유가노에서 시모타까지, 나 자신도 좋은 사람이 되어 길동무가 될 수 있었고, 그럴 수 있었다는 게 기뻤다. 시모타 숙소 창가에서도, 기선 안에서도, 무희가 내게 좋은 사람이라고 말한 만족감과, 좋은 사람이라고 말한 무희에 대한 호감으로 기분 좋은 눈물을 흘린 것이다. 지금 생각하면 꿈같은 일이다. 순진한 시절이다.

처음 고등학교에 들어가서도 나는 그랬다. 그런 나에게 세이노 소년과 살았던 1년 동안은 하나의 구원이었다. 나의 정신이 완성되는 길 위에서 만난 하나의 구원이었다.

세이노는 편지에서 수도 없이 말했고, 사가의 산중에서 만났을 때도 이 은혜는 평생 잊지 않겠다고 말했다. 나는 그 감사 인사를 있는 그대로 받아들이고, 거기에 기대도 좋다고 생각한다. 세이노의 그런 마음가짐을 잘 알기 때문이다.

고등학교 기숙사는 훗날 호의를 갖게 되기는 했지만, 중학교 기숙사는 설령 어떤 사정이 있더라도 아이나 동생을 보내지 말라고, 세상의 부모 형제에게 충고하고 싶다. 나는 할아버지가 돌아가시고, 중학생 혼자서 집을 건사할수도 없고 해서 친척 집에 반년쯤 얹혀살다가, 4학년 봄에 기숙사로 들어왔다. 내가 5학년에 진학한 봄, 나의 부원으로 처음 기숙사에 들어온 세이노는 2학년이었다. 나이는 열여섯이었다. 몸이 아파서 늦게 입학했다고 했다.

나는 눈을 크게 떴다. 이런 인간이 있었나 싶을 만큼 신기하게 바라보았다. 내가 태어나 처음 만나는 인간이다. 깜짝 놀란 만큼 정말이지 세상에 둘도 없는 인간이다. 나는 나의 처지와 비교하여, 그 소년의 배후에 있는 밝은 가정의 따뜻함과 현명한 가족의 사랑을 넋 놓고 바라보며,

나 자신을 가엾게 여겼다. 목숨이 위태로운 상태로 약 1년을 그저 병상에 누워 지낸 환자가 자기 과거를 깨끗이 씻어내고, 새로운 갓난아이로 다시 태어난 풋풋한 청신함이 저런 것인가 하고 나는 생각했다. 그렇다고 해도 신비로웠다.

그리고 나는 세이노와 나를 비교하는 데서 오는 자기혐오를 느끼기보다는, 오히려 그의 신비로움에 마음을 빼앗겨 멍하니 바라보았다. 그런 나에게 마음 깊은 곳에서부터 지극히 자연스러운 미소가 떠올랐다. 그사이 세이노는 내게 다가와 덩굴처럼 기대었다. 내가 하는 말과 행동과 심지어 몰래 하는 생각까지 아무런 저항 없이 세이노 안으로 술술 흘러 들어갔다. 내가 하는 말과 행동과 비밀스러운 생각을, 그걸 한 뒤 스스로 반성해 볼 틈도 없이, 스스로 부끄러워할 틈도 없이, 세이노가 반발하며 내게 냉정하게 대들 틈도 없이, 세이노는 그저 전부 받아들였다. 그에게는 나를 우러러보는 맑고 깨끗한 눈만이 있을 뿐이었다. 그의 마음의 창에 비친 내 그림자는 흐려지는 일이 없었다. 나는 태어나서 처음 맛보는 평온함을 느꼈다. 소극적으로 말해, 나는 그를 보며 내 환경으로 인한 자기혐오를 느낄 여유가 없었고, 따라서 나를 좁은 공간에 억지로 욱여넣지 않아도 되었으며, 적극적으로 말해, 나의 모든 걸 세이노가 긍정한다는 안도감에서 자유를 느꼈다. 나는 나날이 세이노에게 제멋대로 행동했으며, 나를 있는 그대로 드러내고, 있는 그대로 펼쳐 보였다. 세이노 앞에서는 나를 내가 되고 싶은 인간으로 변모시켜, 점잔을 빼고 있을 수 있었다.

그 덕분에 내 환경에 따른 그림자는 나의 감상에 지나지 않고, 심지어 과장된 감상이었다고 명확하게 깨닫기 시작했다. 또한 그는 내가 번민에서 벗어나기 위해 애쓰는 길에 등불을 켜 주었다. 은혜라는 말은 내가 세이노에게 돌려줄 차례였다.

세이노의 심정이 어린아이의 마음, 순수한 소년의 마음이라고 한다면, 비슷하기는 하지만 진실은 아니다. 그가 내게서 떨어져 미아가 된다고 한다면, 믿었던 연인과 헤어져 마음을 다잡지 못하는 것과 비슷할지 모르지만, 그것도 진실은 아니다. 나는 세이노로부터 좋은 영향을 받았다고 느끼는 한편, 세이노의 마음에 존경심을 품었고, 그 심정으로부터 평온한 나날을 보낼 방법을 체득했다는 생각도 들었다. 내가 없어진다면 세이노는 어떻게 할까, 어떻게 될까 생각했다. 세이노가 말한 은혜는 내가 떠나면서 한층 더 분명해졌고, 결국 그는 갈 곳을 잃고 퇴학을 결심하게 되었다. 그것도 하나의 작은 원인이 되어 오모토교를 향한 신심이 깊어진 것일까.

그다음에, '세이노가 내게 어렴풋이 신앙심을 품고 있다고 느낀 건 내가 중학교 5학년이 되던 4월의 일이었다.'라는 글에 이어, 열이 나 누워 있던 나를 위해 세이노가 "리리샤샤, 리리샤샤"라고 기도해 준 날의 일을 썼다. 그 부분은 앞서 옮겨 적었다.

그리고 다시 제멋대로 감상이 이어진다.


나는 나의 현재 환경과 어린 날 육친을 잃은 고독, 그 밖의 것들로 인해 나 혼자 세상을 헤쳐가야 한다는 자기중심과 자기 숭배에 함몰돼 있었던 것은 아닐까.

유년 시절 나를 돌봐 준 농부 할머니가 있었다. 작년 설에 나는 그 할머니 병문안을 갔다. 내가 집에 돌아가려 하자, 할머니는 불편한 몸으로 툇마루에 나와서 떨어질 듯한 지점까지 기어 오더니, 정좌하고 곱게 합장하며 눈물을 뚝뚝 흘렸다. 나는 떠나는 나의 뒷모습에 대고 기도하는 할머니와 한마음이 되었다. 그럴 때 나의 마음은 한 점 그늘 없이 깨끗해져서, 나의 앞길도 맑은 눈으로 바라볼 수 있었다.

나의 예전 부원인 세이노 소년은 나에게 귀의했다. 그 모습을 마주하며 나는 세상 무엇보다 강력하게 나를 정화

하여 순수한 상태로 만들 수 있었고, 새로운 정진을 생각하게 되었다. 나는 귀의 안에서 비로소 편안한 안식을 얻을 수 있는가. 귀의라는 거울 속에 비친 나의 모습을 바라보지 않으면, 나의 정신은 그늘지는 것일까.

우울해질 것 같을 때는 고독한 게 좋다. 유가시마 계곡에 와서 열흘이고 묵묵히 틀어박히는 게 좋다.

마음의 병을 두려워하는 예전과 같은 감상은, 이성의 그물을 통해서만 긍정할 수 있다. 그 대신 오만함이 몸에 배고 말았나.

그러나 과거에도 현재에도 사람들은 내게 너무나 친절하고, 너무나 많은 호의가 나를 감쌌다. 나는 이 세상에 악한 인간은 단 한 사람도 없다고 믿고 있고, 악이 나를 향해 다가온다는 생각도 들지 않는다. 그렇게 믿으며 안온한 생각 속에 지낸다.

나는 남에게 진정한 악의를 가진 적이 없다. 진짜 증오와 원한도 품은 적이 없다. 남과 경쟁하고자 한 적이 없다. 남을 질투하고자 한 적이 없다. 남에게 반기를 들고자 한 적조차 없을지도 모른다.

세상 모든 사람이 움직이는 각각의 방향과 각도를 긍정하며, 한편으로 나 자신도 부정하는 동시에 긍정하고 있는 듯하다.

이 뒤부터 '긴 복도 끝에서 신발 끄는 소리가 들리면, 늘, 당신이 아닌가 생각한다.'라는 세이노의 편지와 다리 치료를 위해 맨 처음 유가시마 온천으로 향했을 때의 일이 적혀 있다.


## 15


세이노 소년에 대하여 내가 써 둔 원고는 대체로 이와 같다.

그런데 이번에 오래된 편지가 들어 있는 자루며 고리짝을 뒤적이다가 세이노가 내게 보낸 편지 스물두 통을 찾았다. 또 세이노와 함께 나의 기숙사 부원이었던 고이즈미와 스기야마의 편지, 그리고 나의 동급생이 보낸 편지 몇 통도 보존되어 있었다.

세이노의 편지글은 그 무렵 내 일기나 편지보다도 막연하고 기분이 잘 드러나 있지 않아서 여기 옮겨 적기도 뭣하지만, 나의 이 소년에 대한 기록을 뒷받침하고 덧붙이는 면도 있고, 나 혼자만의 독선적인 생각이나 자만심을 바로잡는 면도 있기에, 여기 짧게 옮겨 적는 게 좋겠다.

스물두 통 가운데 제일 먼저 보낸 편지는 '1917년 4월

4일 낮'이라는 날짜가 적혀 있고, 내 소재지는 아사쿠사 구라마에의 사촌 형 집으로 되어 있다. 나는 중학교 졸업식 다음다음 날인가부터 수험 공부를 위해 도쿄에 와 있었다. 당시에는 중학교 졸업이 3월 말, 고등학교 입학시험은 7월이었다.

나는 도쿄에 오자마자 곧장 세이노에게 알렸고, 4월 4일 자로 보내온 세이노의 편지는 그 답장이다.


(1917년 4월 4일 자, 세이노의 편지에서.)

……도쿄는 넓다지만 선배는 친구가 많지 않아서 꽤 적적하겠지요. 하지만 차차 친구가 생길 테니 공부에 정진하시기를 바랍니다. 온 마음으로 솔직하게 진심을 담아 응원합니다.

저도 선배와 헤어지고 앞으로는 혼자서 해 나가야 한다고 생각하니, 정신이 아득해지는 기분이 듭니다. 하지만 언제까지 선배에게 기대어 있을 수만은 없습니다. 딱 1년만이라도 함께 있으면서 제게 의지가 되어 주시기를 얼마나 바랐는지 모릅니다. 그러나 선배는 앞으로 훌륭한 사람이 되실 텐데 언제까지고 함께 있어 달라고 한들 시절이 허락하지 않겠지요. 새 방장이 생겼지만, 예전 방장이 얼마나 그리운지 모릅니다. 그런 생각에 더욱 쓸쓸한 기분이 들어서 요즘은 꿈도 종종 꾼답니다. 제가 선배의 책을 불구덩이에 떨어뜨려 엉엉 우는 꿈은 여러 번 꾸었습니다. ……

　……저도 편지로 최선을 다해 선배가 슬프지 않도록, 외롭지 않도록 위로해 드리겠어요. 마음에 상처를 입었을 때는, 마음 깊은 곳에서부터 우러난 따뜻한 말을 전하겠습니다. 저는 선배가 베풀어 주신 은혜를 절대로, 절대로, 잊지 않겠습니다. 저한테는 기숙사의 상급 하급 구분이 딱히 힘들지 않습니다. 다만 3학년이 되면 열심히 공부할 생각이에요. 하지만 주변에서 들어오는 유혹을 뿌리치지 못하는 나약한 저입니다. ……


　두 번째 편지는 4월 8일 자다. '8일 오전 11시'라고 되어 있다.

　세이노는 기숙사에 돌아와 새 학년 방 배정을 받았는지, 1호실부터 10호실까지 명부를 편지에 적었다. 세이노는 8호실이다.

　고등학교 작문으로 제출한 편지에 내가, '하지만 너는 내가 떠난 뒤로 기타미를 방장으로 하여 기쿠가와, 아사다와 한방을 쓴다고 들었다. 기쿠가와, 아사다는 내가 있을 때부터 기숙사에서 소문난 미소년이어서 상급생의 주목을 받았지.'라고 쓴 건 이 8호실을 두고 한 말이었다.


    (1917년 5월 21일 자, 세이노의 편지에서.)

    오랜만에 인사드립니다. 부디 언짢게 생각하지 말아 주세요. 혼자서 많이 외로우시죠. 오롯이 혼자라는 건 정말 쓸쓸할 거예요. 마음을 다해 진심 어린 위로의 말을 전합니다. ……저는 오직 선배만을 생각하고 있습니다. 아무리 괴로운 일이 있더라도 제가 멀리서나마 그 마음을 위로하고 있다는 걸 기억해 주세요. 마음을 다잡으세요. 제가 언제나 뒤에서 선배를 위해 기도하고 있으니 안심하세요. ……

    ……그저께는 10마일 달리기 대회가 있었어요. 다른 사람의 도움을 받아 가며 겨우 학교에 도착했습니다. 다리가 아파 죽겠어요. 어제도 나루오에서 열리는 테니스 대회에 나가려고 오사카까지 갔는데, 갑자기 쓰러질 것 같아서 친척한테 도움을 받았어요. 또 심장이 말썽인 모양입니다.


    이 편지는 아사쿠사 니시토리고에의 셋방으로 왔다.

······입학시험을 치르느라 고생이 많죠. 안 되면 1년 더 집중해서 공부하면 될 거예요. ······

······저는 1학기에 열심히 공부할 마음을 먹었는데, 성적은 생각지도 못하게 뚝 떨어져서, 2학기에 더욱 분발해야겠다고 생각하고 있어요. ······학교에는 여러 걱정거리가 있지만, 집에 가면 그런 게 하나도 없어서 마음은 느긋한 산과 같습니다. 점차 제대로 된 인간이 되어 가고 있다는 기분이 듭니다.

저는 선배가 소설가가 되리라고는 꿈에도 생각하지 못했어요. 선배는 분명 우리의 길로 들어설 인물이라고 믿고 있었습니다. '우리의 길'이라는 게 괴상하다 생각하시겠지만, 나이가 들면 자연히 아시게 될 겁니다.

저는 졸업해서 무엇이 될지 지금부터 정하진 않을 작정입니다. 하지만 하루하루 성실하게 살다 보면, 제가 갈 길로 나아가게 되겠지요. 저는 온갖 고생을 다 해 보고자 합니다. 괴로움에 푹 잠겨 보고자 합니다. 그렇게 가다 보면 마침내는 제가 생각하는 길에 닿아 있겠지요.

기숙사 침상에서 우리는 여러 가지 재미있는 질문과 답변을 주고받았잖아요. 그러나 신이 없이는 제 몸을 제대로 가눌 수 없습니다. 선배는 아직 잘 모르시겠지만, 조만간 알게 되는 날이 올 거예요. 억지로 밀어붙여서 알 수 있는 게 아니라고 판단했습니다.

종교 책은 안 읽는 게 낫다고 생각하지만, 읽어도 큰 문제는 없습니다. 읽으면 읽은 대로 행동에 옮기면 됩니다. 철학이라고 해도 얕은 학문은 도움이 안 됩니다. 철학에 괴로워하다가 죽는다니 말도 안 돼요. 철학은 책만 읽는다고 끄집어낼 수 있는 게 아닙니다. 행동하지 않으면 안 됩니다. 밖에서 들어온 것은 도로 밖으로 나가기 마련입니다. 그러나 안에서 깨달은 것은 끝까지 안에 머뭅니다. 우선은 여기까지. 이리로 놀러 오세요. 기다리고 있겠습니다.

세이노는 여름방학을 맞아 사가에 있는 집으로 돌아가 있었고, 나는 입학시험을 치른 후 요도강 북쪽 외삼촌 댁에 있었다. 그때 받은 편지다.

세이노는 아버지 곁에 있어서인지 자신 있고 강한 어조다.

(1917년 10월 13일 자, 세이노의 편지에서.)

……오늘 3학년 야구선수가 되어 2학년을 상대로 출

전했는데, 약체인 2학년과의 시합에서 승리를 거두었습니다. 기쁨에 넘쳐 기숙사로 돌아왔다가, 방금 관리인으로부터 선배가 보낸 편지를 전해 받고 기쁜 가운데서도 한층 더 기쁨을 느꼈습니다.

……오랜만에 보내는 편지이고 하니, 오늘은 제 생각을 있는 그대로 전부 말씀드릴게요. 대신 여기저기 말하고 다니는 걸 삼가고 마음속에 잘 숨겨 주시기를 바랍니다. 기숙사에는 빨리도 쇠망의 시기가 찾아왔습니다. 상급생 중에 정신이 바로 박힌 사람은 단 한 명도 없고, 그저 3학년 2학년 1학년을 깔보며 굉장히 강압적으로 참견합니다. 공부도 맘 편히 할 수 없고, 야구 연습은 토요일이나 일요일에도 계속 시키고, 못하는 애를 억지로 하게 만들고, 일요일에는 지도를 그리자고 마음먹었던 기대도 빗나가고, 기쿠가와 군 같은 얌전한 사람은 모두 다 같이 괴롭히니 보기만 해도 가엾습니다.

또 다다미가 있는 방은 딱 흡연실로 쓰이게 되어 연기가 피어오르지 않는 날이 없고, 점심 식사 후에도 화장실에서, 그래도 1학년 앞에서는 살짝 숨기지만, 3학년과 2학년 앞에서는 숨기지도 않고 담배를 피워대는 형국, 품행마저 형편없어졌다고 우리 3학년들은 이만저만 슬퍼한 게 아닙니다. 5학년은 거의 다 그 지경이고, 4학년도 세 명쯤은 손을 쓸 수가 없습니다. 상급생과 하급생 사이에서 제일 괴로운 게 3학년입니다. 열흘쯤 전 선한 쪽과 악한 쪽이 두 패로 갈려 돼지우리 앞에서 큰 싸움이 벌어졌습니다. 1학년과 2학년에게 보이지 않으려고 으슥한 장소를 고른 것이죠. 마침 저와 고이즈미는 유리창 너머로 내다보고 있었어요. 원인은 악한 쪽이 지나치게 3학년 2학년 1학년을 함부로 대했기에 선한 쪽이 그러지 말라고 한 걸 겁니다.

작년이 공연히 그리워지고, 작년에 졸업한 분들이 얼마나 보고 싶었는지 모릅니다.


내가 이 편지를 받는 곳은 혼고 야요이초 제1고등학교 서쪽 기숙사 13번으로 되어 있다.

거기에는 세이노의 작은 사진 한 장이 들어 있다. 하얀 유카타에 하카마를 입고 학생모에도 여름용 흰 천을 씌운 채 등나무 의자에 앉아 있다. 얼굴은 흐릿했다.


(1918년 2월 19일 자, 세이노의 편지에서.)

1월도 꿈처럼 지나갔습니다. 그리하여 따뜻한 봄을 맞을 날도 머지않았습니다. ……

⋯⋯얼마 전 2월 3일에 오사카연합무술대회가 사카이에서 개최되어, 저희는 실력이 부족해도 선생님 명령에 따라 선수로 출전했습니다만, 패대기쳐진 고양이처럼 두 번 다 깔끔히 지고 말았습니다. 그러나 유감은 없어요. 저 같은 인간이 나가면 질 거라는 건 다 알고 있었습니다. 지난 번 학교에서 열린 무술대회에서는 우에노미야 중학교에서 온 하마무라라는 녀석과 겨루어 비겼습니다. 다시 말해 3판 승부에서 한 번 진 거죠. 하지만 이것도 아쉽다는 생각이 들지 않았습니다. 어쩐지 이상한 기분이 들었을 뿐입니다.

오늘은 토요일인데 또 5학년 4학년 3학년의 연습이 있었습니다. 북풍이 휘휘 몰아쳐서 눈물이 나올 듯했습니다. 다음 주 토요일에도 연습이 있습니다. 파랗게 질린 얼굴로 쫓아가는 것도 괴로운 일입니다.

우리가 헤어진 지도 벌써 1년이네요. 세월이 빨라 놀라울 따름입니다. 기숙사에도 차츰 학생들이 늘고 있어요. 그러면서도 동시에 쇠락해 갑니다. 사람이 사람을 억압하지 않고는 못 배기는 곳이라 보고 있는 것만도 비참한 기분이 듭니다.

이제 5, 6년 지나면 민심에 큰 변화가 생길 거라는 말이 있는데, 얼른 도와주고 싶다는 마음입니다.

지금 도쿄에서 공부하고 계시죠. 곧 영국 독일 미국

등이 도쿄만으로 진격해 와요. 최후에 일본이 세계 통일을 이루는 날이 5, 6년 안에 올 겁니다. 그때는 저 드높은 후지산도 폭발하겠죠. 지금 미리 알려 드리겠습니다. 인간의 영혼이 신과 통하면 미래를 아는 일도 가능합니다. 후지산이 터지기 전에 오사카로 돌아오세요.

제가 지금 천신으로부터 제 영혼에 닿은 내용을 그대로 적겠습니다. '일본이라는 나라의 근본 혼령으로 인해 곧 세상에 나올 천지의 살아 있는 신은 오래전부터 준비된 것이다. 3천 년 안에 세상이 두 번 바뀔 것이니, 국가를 세우기는 하여도 앞으로 쓰임이 될 수호신 인민에게 조금이라도 그늘이 생긴다면, 점차 다시 원래대로 세상이 어지러워져 나라를 잃게 된다. 그리하여 천지의 선조가 나타나 수호하지 않으면, 세계가 진창의 바다에 빠져 인류가 멸망한다. 천지의 신은 이 세상을 망치지 않기 위해 오래도록 고민에 빠져 있다.'라고. ……

……제 생각에 곧 세상이 바뀐다는 건 심상치 않은 일입니다. 황송한 일이지만 천황폐하도 교토 아야베의 오모토로 오실 겁니다. 이곳이 그 어디보다도 일본의 정중앙입니다.

세이노는 이 편지에서 처음으로 오모토교의 예언 비슷한 말을 써 보냈다.


(1918년 3월 26일 자, 세이노의 편지에서.)

······고이즈미를 만날 때마다 선배 이야기를 합니다. 아아, 선배, 꼭 다시 만나고 싶습니다. 미야모토 선배는 눈이 아주 동그랬지, 하며 고이즈미와 항상 웃고는 해요. 그립습니다. 사진이라도 한 장 보내 주시지 않겠습니까. 얼마 전에는 한겨울에 검술 연습하는 사진이 책꽂이 밑에서 나왔습니다. 사진 속에서 선배가 검술을 하는 모습을 보며 둘 다 옛날을 그리워했습니다. 그 시절 미야모토 선배가 눈앞에 떠오릅니다. 넓은 이마가 눈에 선합니다. 고이즈미도 선배를 생각하며, 미야모토 선배하고 사진이라도 찍어 둘 걸 그랬다고 제게 종종 말합니다. ······

······그리고 선배, 전에 써 두셨다는 원고지 31매를 보내 주세요. 읽고 싶습니다. 부탁드립니다. 여러 가지를 써서 보내 주세요. ······우리가 헤어지고 벌써 1년입니다. 도쿄에서 외로우시죠. ······저도 벌써 4학년 방장, 2학년이었던 때를 떠올리면 어쩐지 부끄러워요. 제가 방장이 되었다는 게 이상하기만 합니다.

아아, 그리고 제가 학교를 쉬면서 무슨 생각에 잠겼는지, 앞으로 계속해서 전해 드릴게요.

아직 이 편지를 쓸 수 있는 시간이 55분 남았습니다. 탄가루에 붙은 불이 활활 타오릅니다. 난로에 발을 걸치고 편지를 쓰고 있었는데, 허리가 아파서 다시 고쳐 앉아 씁니다.

저도 조금씩 성장하고 있습니다. 그러나 마음은 아직 어린아이라 괴롭습니다. 어떻게든 어른스러운 사람이 되고 싶습니다.

생각에 잠겼다는 건 앞으로 제 인생의 방침에 대해서였습니다. 최근 2, 3개월 동안 저는 이런 걸 생각하고 있습니다. 자신──자신──나──나──자신이 이 세상에 태어난 건 분명 신이, 이 세상에 도움이 되라고 태어나게 한 것이다. 그리고 지금 내가 이런 생각을 하는 것도 어떤 원인에 따른 결과이리라. 아무리 생각해도 저는 천명을 받고 이 세상에 태어났습니다. 제가 이렇게 유치한 아이처럼 굴어서는 도저히 훌륭한 인물이 되어 사회를 이끌 수 없을 겁니다. 그래서 앞으로 삶의 방침을 잘 세우고자 합니다. 저는 지금부터 제 행동과 정신을 일치시켜, 다가올 인간 마음의 큰 변화에 한 역할을 하고 싶습니다. 이런 변화를 미리 감지한 것도 인과일 겁니다. 어떻게 예지 같은 게 가능하냐고 세상 사람들은 의심합니다. 가능해요, 가능합니다.

제 마음이 올바르고, 정신이 고요히 하나가 될 때 자연스럽게 가능합니다. 영감이 몸에 스며듭니다.

인간은 항상 의심이 있고 욕심이 있습니다. 자아가 있습니다. 따라서 마음의 거울이 항상 흐려져 있습니다. 그래서 예지력이 방해받습니다. 마음의 거울이 깨끗하게 빛나면 세상 모든 상태가 비칩니다. 아직 쓸 게 산더미라 다 쓸 수 없습니다. 자세한 것을 알고 싶으시면, 도쿄 혼고 4번가 아리아케관이라는 서점에 가서 〈신령계〉라는 잡지를 찾아보세요. 2월호에는 제 가족 이야기도 실려 있습니다. 빈약한 책이지만, 안에 실린 글은 어디서도 찾아볼 수 없는 내용입니다. 겨우 12전밖에 안 합니다. ……

……이번 기숙사 소동을 자세히는 모르지만, 전부터 두 파로 나뉘어 있었던 게 결국 터졌습니다. ……


**(1918년 5월 29일 자, 세이노의 편지에서.)**

……긴 시간 소식 한 통 전하지 못한 것을 용서하세요.

여러 사정으로 제가 퇴학하겠다는 말까지 꺼낸 상황이라, 혼잡한 분위기 속에 편지 쓸 시간도 놓치고 말았습니다. 거듭 용서를 구합니다. 또 선배가 보낸 편지마저 못 본 건 너무 아쉽습니다. 31매, 31매, 노래를 불렀으면서 한

심합니다. 긴 편지가 물거품이 되어 참으로 안타깝습니다. ……용서하세요. 참아주세요. 절대 잊지 않겠습니다. 예전에 있었던 일을 고이즈미와 늘 이야기해요. 선배를 만나면 부끄러우니 도망칠까, 하는 말도 했습니다. 선배가 베풀어주신 은혜를 잊는다면 인간이 아닐 테니 절대 잊지 않겠습니다. 죽은 뒤에도 잊지 않겠습니다.

미야모토 선배에게 있어 제가 단 하나뿐인 상대였다는 말은 정말이지 기뻤습니다. 앞으로는 편지도 종종 드리겠습니다. 한 번 멀어질 뻔했지만, 다시 친해지면 좋겠습니다. 6월에는 오십시오. 지금쯤 어떤 모습을 하고 계실까 생각해 보아도 상상이 가지 않습니다. 그 무렵 선배가 우리들의 5호실로 돌아오실 때, 한쪽 발에 약간 힘을 주고, 계단을 성큼성큼 빨리도 오르던 그 소리가 귀에 남아 있습니다. 저도 선배의 흉내를 내며 즐거워합니다.

그건 그렇고 외삼촌이 돌아가신 모양이네요. 얼마나 슬프시겠습니다. 제 할머니가 돌아가신 날이 함께 떠올라 저도 모르게 눈물을 흘렸어요. ……

올봄에 열린 제1고등학교와 제3고등학교의 야구 시합은 신문에서 잘 보았습니다. 선배가 고등학교에 들어가면 선수가 될 거라고 말씀하셨던 게 생각나서 신문을 찾아보았는데 이름은 없었습니다. 이것도 외삼촌이 돌아가셨기 때문이겠지요. ……

저도 4학년이 되었습니다. 더 이상 놀고만 있어서는 안 되는 상황이 되었어요. 저도 4호실 방장이 되었습니다. 머리가 나쁜 방장이라 골치가 아픕니다.

어른스러워지고 싶다는 제 말에 선배는 어째서 두렵다고 말씀하셨을까요. 그냥 자연스럽게 되는 건데요. 하지만 어른스러워질 수가 없습니다. 어떻게 하면 어린아이 같은 마음을 버릴 수 있을까요. 어릴 때부터 늘 형제들 외에는 친구가 없었기 때문일까요. 저는 미야모토 선배 앞에 엎드려 머리를 조아리겠어요.

그리고 제가 신앙한다고 말씀드린 건 결코 종교가 아닙니다. 가르침입니다. 일본의 미래를 예지하는 일입니다. 그게 끝에 가서는 세계 통일이 됩니다.

미야모토 선배가 낙제할지도 모른다니, 그런 일은 없을 거예요. 만약 그렇게 된다 해도 진정한 낙제는 아니니까요. 선배의 공부법은 9할이 여유니까요. 학과 공부는 1할이지요. 나머지 9할은 소설이잖아요. 하지만 진급하세요. 낙제하시더라도 제가 어떻게 미야모토 선배를 경멸할 수 있겠어요. 천하의 수재 가운데 최선을 다해 공부하는 사람과 공부하지 않는 사람이 있다고 했을 때, 공부하지 않던 사람이 열심히 공부하면 1등이 됩니다. 문학이라는 건 천재의 일이니. ……


이 뒤로 새로운 학년이 어느 방에 배치되었는지 적혀 있고, 아울러 4학년 대 5학년의 검술 시합 경과가 적혀 있다. 그 글에 따르면 세이노는 4학년 대장으로 출전해 5학년 대장, 부장, 그다음, 다해서 세 사람을 쓰러뜨리고 4학년의 승리를 혼자서 이끌었다. 세이노 소년은 결코 연약하고 야리야리한 체격이 아니었다.

또, 31매의 편지라는 건 내가 제1고등학교 작문으로 낸 편지다. 그 편지의 20매째부터 여섯 장 반이 내 수중에 남아 있어서 앞서 옮겨 적었는데, 세이노의 이 편지를 보고 그게 31매였다는 사실을 알았다. 그러나 나의 긴 편지가 세이노의 손에 전해지지 않았던 것일까. 어쩌면 사감이 몰수했을까.

아울러 비슷한 시기에 쓴 것으로 추정되는 엽서가 한 통 있다. 날짜 스탬프는 읽을 수 없지만, '하여 저의 이번 사건에도 불구하고 아버지가 이리저리 바쁘게 손을 써 주어서 다시 학교에 다니게 되었습니다. 이제 졸업할 때까지는 퇴학당하지 말라고 하셨습니다. 심려를 끼쳐 죄송합니다.'라고 하는 글이 있는 걸로 보아 5월 29일 자 편지보다

전에 받은 건지도 모른다.

'이번 사건'이란 게 무엇이었는지는 기억나지 않는다. 세이노가 관련 내용을 호소한 편지가 있었던 듯한데 잃어버렸나. 그러나 다음 세이노의 편지에서도 내용이 어렴풋이 엿보인다.


(1918년 10월 8일 자, 세이노의 편지에서.)

편지 고마워요. 지난번 제 편지는 할 말을 빙빙 돌려서 읽기 어려우셨죠. 생각한 대로 말이 나오질 않네요. 7월부터 편지가 오지 않았던 건 조금도 마음에 담아 두지 않고 있었지만, 원래 허약하시니 어디 아프신 건 아닌지 걱정했습니다. 저를 무척 귀여워해 주셔서 마음 깊이 진심으로 감사합니다.

앞으로의 일에 대해 여러모로 기뻐해 주시고, 또 울기까지 하셨다니 정말로 고맙습니다. 그 시절부터 선배가 저를 얼마나 보호해 주셨는지는 잘 알고, 진심으로 기쁘게 생각합니다.

이번에 저를 중상모략한 사람이 누군지는 알고 있습니다만, 저는 아무 말도 하지 않았고, 또 원망도 하지 않습니다. 마음속에는 그 어떤 미움도 남아 있지 않습니다. 시원한 바람과도 같아요. 사감도 제가 그런 사람이 아니었다며 기뻐합니다. 그러나 저를 모함한 사람의 마음이 두려워 몸이 떨립니다.

그리고 2학년 때 오구치 선배가 밤에 왜 찾아왔을까 궁금했었는데, 모두의 이야기를 듣고 이제야 비로소 깨달았습니다. 그때는 정말로 이상했습니다. 또 오구치 선배가 왔다는 걸 사감한테 말했더라면 퇴소 처분당했을 텐데 말이죠. 저는 이제 그 어느 방에도 가지 않습니다. 당번이 놀러 와 줄 뿐입니다. 다른 방에 가면 또 사감한테 야단맞기 때문이에요. 2층에 올라간 건 딱 두 번 정도입니다. 기숙사도 싫어졌어요. 무섭거든요.

고학년이 되니 무시무시한 일이 많이 생기는군요. 다른 상급생은 아무리 놀러 다니더라도 고자질하는 사람이 없던데 말이죠. 저만 악마의 손에 놀아나니 무섭습니다. 하지만 신이 저와 함께 계시니 악마의 손에 붙잡힌다 해도 괜찮습니다. 이달까지는 기숙사에 있어도 된다고 했으니 마음껏 편지를 써 주세요. 저의 즐거움은 선배가 보내는 편지뿐입니다. 선배를 한번 더 만나 하고 싶은 말을 다 하고 싶어서 견딜 수가 없네요. 10월에 기숙사를 나간다고 했지만, 10월 말까지는 있어도 된다고 했으니 편지 주세요. 바쁘시겠지만 기다리겠습니다. 안녕히.

4학년인 세이노가 미소년 하급생이 있는 방에 놀러 가 모함이라도 당한 것일까.

오구치가 밤에 온 이유를 '이제야 비로소 깨달았습니다.'라고 말하는 세이노는, 나와 있었던 일에 대해 아무런 자각도 없었던 것일까.


(1918년 12월 2일 자, 세이노의 편지에서.)

……제1고등학교 1학기도 곧 끝나겠네요. 건강하십니까. 저도 더할 나위 없이 건강하니 안심하세요. 미야모토 선배의 1학기는 언제부터 방학인가요. 조금 있으면 크리스마스네요. 작년 크리스마스 때 받은 작고 귀여운 서양인 아이 그림이 그려진 카드가 얼마 전 제 편지함에서 나와서, 한동안 그걸 보며 무척 기뻤습니다. 이어서 미야모토 선배가 보낸 편지 열대여섯 통이 나왔습니다. 편지가 쌓이는 건 기분 좋은 일이지만, 흘러가는 세월을 느껴요.

기숙사에서도 또 한 사람, 하토무라가 죽었습니다. 그 사람의 죽은 얼굴을 보았을 때, 눈물이 펑펑 쏟아져 어쩔 줄을 몰랐어요. 그리고 그 얼굴이 언제까지나 제 눈앞에서 사라지지 않아서 밤에 변소에 가는 것도 무서우니 큰일입니다. 요즘 기숙사는 태평합니다. 그러나 저는 외로워 견딜 수가 없어요. 선배가 너무 그립습니다. 다시 한번 2학년이 되고 싶어요. 기분 나쁜 일이 가득해서 힘이 들어요.

그리고 미야모토 선배, 사진 한 장만 보내 주세요. 저는 요즘 사진을 모으는 취미가 생겼습니다. 앨범도 만들고 있습니다.

최근에 저는 고이즈미와 절교했습니다. 둘이 말 한마디 안 합니다. 스기야마는 감기에 각기병까지 걸려 누워 있어요. 쓰고 싶은 말이 가득한데, 다음에 또 쓰겠습니다. 지금 정좌법을 배우기 위한 종이 울리고 있어요.


16


(1919년 1월 15일 자, 세이노의 편지에서.)

편지 고맙습니다. 마치 물을 안 준 풀처럼 시들어 당장이라도 말라 죽을 듯했는데, 오늘 처음으로 물을 받은 기분이 들었습니다. 저도 겨울방학 동안 편지를 쓰려고 했지만, 집에 가면서 방명록을 기숙사에 깜박하고 두고 오는 바람에 친척분 주소를 알지 못했습니다. 선배가 도쿄에 있다면 써도 되겠지만, 만약 안 계시면 쪽지가 붙어 저한테 돌아올 거라는 생각에 연하장만 고등학교 앞으로 보냈습니다. 미야모토 선배가 오사카에 돌아오셨다면, 중학교에 한번 오시면 좋을 텐데, 하고 원망스럽게 기다렸습니다. ……

기분 나쁜 기숙사에서 매일 매일 살고 있다는 점을 알아주세요. 저는 어째서 이렇게 한심할까요. 친구가 없습니다. ……즐거움도 없습니다. 그저 과거의 일만을 추억하고 있습니다. ……학교에 가면 친구가 많아서 등교가 즐겁습니다. 기숙사로 돌아오는 건 불쾌합니다. 4학년이 되고부터는 남들보다 훨씬 더 괴로운 일에 부딪혔어요. 기숙사에 있기도 괴롭고, 나가기도 어렵습니다. ……

미야모토 선배, 요즘은 학교에서 동계 훈련이 있습니다. 저는 매일 정진하고 있어요. 아침 5시부터 6시까지입니다. 내일은 토끼 사냥이 있어요. 토끼가 잡힐까요.

그리고 고이즈미는 말이죠, 기숙사를 나간 후 어딘가 이상해졌습니다. 나쁜 길로 빠지기라도 한 걸까요. 사와다 선생님 댁에서 통학하고 있습니다.

지금은 촛불 아래서 글을 쓰고 있어요. 10시 55분입니다. 미야모토 선배는 벌써 주무시고 계실까요.


**(1919년 7월 2일 자, 세이노의 편지에서.)**

……27일에는 기차로 이곳을 지나치신 모양이에요. 미리 엽서라도 주셨더라면 역까지 나갔을 텐데 어쩐지 원망스럽습니다. 우리가 헤어진 지도 벌써 3년이 흘렀네요. 그사이 큰 변화가 있었습니다. 교실을 만들기 위해 기숙사를 차츰 줄여야 했고, 옛날과 달리 황량한 모습이 되었습니다. 미야모토 선배도 어엿한 어른이 되셨겠지요. 한 번쯤 뵙고 싶습니다. 엽서에 따르면 나마즈에 쪽에 사시는 모양이니, 언제 한번 시간이 되면 찾아뵙고 싶어요. 아주 오래 만나지 못해서 어쩐지 부끄러운 기분도 듭니다.

저는 지금 병상에 누워 있습니다. 두통이 있어요. 열은 38도가 채 안 되지만 기숙사 부원이 잘 돌봐 주어서 꽤 좋아졌습니다. ……

이 편지의 내 소재지는 오사카 히가시나리 나마즈에초 가모의 외삼촌 댁으로 되어 있다. 나는 여름방학 때 돌아와 있었다.

(1919년 7월 24일 자, 세이노의 편지에서.)

낮잠을 자다가 겨우 눈을 떴습니다. 신사의 삼나무 사

이에서 불어오는 바람이 방금 땀을 흘리며 낮잠을 자던 제 몸을 위로하는 듯합니다. 좋은 바람, 언젠가 한문 시간에 배웠던 웅풍(雄風)이라는 것도 이런 바람인가 생각했어요. 계곡에 흐르는 물소리가 멀리서 가까이서 졸졸 들려옵니다. 무아경에 빠졌을 때처럼 뭐라 말로 할 수 없는 기분이 들었습니다. 이제 여름일까요. 폭포를 맞기 위해 땀을 뻘뻘 흘리며 온 사람도 이곳에 오면, 잠시 멈춰 서서 신선이 사는 곳에 온 것 같은 기분을 느끼는 모양이에요. 이 얼마나 즐거운 일인지요. ……

요즘은 어떻게 지내십니까. 여전히 매일 문학으로 바쁜 나날을 보내고 계시나요. 아니면 여행이라도 떠나셨을까요. 저는 19일에 집으로 돌아온 뒤 매일 폭포에 들어가고, 신께 기도를 올리고, 잠을 자고, 책을 읽고, 온갖 제가 하고 싶은 걸 하고 있습니다. 언제 한번 놀러 오세요. 지난번 집에서 6킬로미터 정도 더 안으로 들어간 곳입니다.

방학 전에 히라타 선배가 학교에 왔습니다. 또 18일에는 오구치 선배가 왔고요. 기숙사가 크게 변해서 놀라시더군요. 다들 오시는데 미야모토 선배만 안 오셔서 원망스럽습니다. 방학 때 안 오셨으니까, 9월에는 꼭 오세요. 제가 찾아갈까, 생각도 했지만 혼자 갈 용기가 없어서 관두었습니다. 꼭 한번 와 주세요.

(1919년 8월 29일 자, 세이노의 편지에서.)

요즘은 비가 안 와서 상당히 무덥네요. ……선배는 언제까지 방학입니까. 이제 3학년이 되시네요. 세월이 무서울 정도로 빠릅니다. 제가 중학교 5학년이 되어서 어슬렁어슬렁 돌아다니는 동안 벌써 고등학교 3학년이 되셨다니 눈이 휘둥그레질 노릇입니다. 이번 방학 때도 역시 문학에 푹 빠져 계셨겠지요. 저도 2학기부터는 열심히 공부할 생각입니다. 1학기 때는 말이죠, 소설을 조금 읽었습니다. 어쩐지 이해할 수 없는 부분이 많았어요. 미야모토 선배의 책상자 속에 산더미처럼 있었던 그 소설이 이제야 와서 부러워졌습니다. 그때는, 책이 예쁘기도 하네, 저런 소설은 재미없겠지. 그러면서 다쓰카와 문고[35]를 더 좋아했지만, 지금은 다쓰카와 문고가 다 비슷비슷해서 지루해졌습니다. 저는 2학년 때 그 책을 전부 책꽂이에 꽂아 주르륵 세워 두면 얼마나 아름다울까, 그런 생각만 했습니다. 지금도 아름다운 책이라는 생각은 남아 있습니다. 선배가 갖고 있던 〈죽음의 승리〉라는 책의 붉은 표지가 아름답다고 생각했기 때문에, 지금도 그 책이 눈앞에 놓여 있는 듯한 기분이 듭니다.

---

**35** 1910년대에 10대를 중심으로 대중에게 선풍적인 인기를 끌었던 이야기 문고본 시리즈. 일본의 대중문학과 시대극에 큰 영향을 끼쳤다.

오늘은 오모토교 사람이 아버지 이야기를 들으러 여섯 분 정도 오셨습니다. 저는 아직 부끄럼이 많아서 얼굴도 내보이지 않고, 2층에서 편지를 쓰고 있습니다. ……9월에는 꼭 오세요. 다른 방 방장님은 다 오시는데 우리 방장님은 어쩌고 계실까요. 9월에는 꼭 오세요.


**(1919년 11월 5일 자, 세이노의 편지에서.)**

한층 추워졌습니다. 기숙사에서는 다들 어서 빨리 화로를 내 달라고 아우성치고 있습니다. 저는 남들보다 훨씬 더 추위를 잘 타서 화로가 필요한 사람입니다. 오늘 밤은 또 무시무시한 바람이 불어서 유리창이 덜컹덜컹 흔들렸습니다. 이 바람은 어디서 오는 걸까요. 도쿄에서 온 걸까요. 도쿄에는 미야모토 선배가 있고, 또 선배의 동창생 히라타 선배와 오구치 선배가 있습니다. 제가 지금 이렇게 추워하고 있듯이 미야모토 선배도 추위를 타고 있을까요. 어쩌면 미야모토 선배는 화로, 아니 그보다도 난로 앞에서 예의 소설에 푹 빠져 있겠지요. 내일은 영어 시험이 있는데 머릿속에 그런 생각만 가득해서 공부가 안됩니다. 어쩐지 슬픔이 치밀어 오르는 듯해요. 가을밤 탓인지, 공부도 관두고 혼자 슬픔에 잠기고 싶습니다. 겉옷을 걸쳐 입고 어슬렁어슬렁 교정을 걸어도, 슬픔은 가라앉을 줄을 모릅니다. 다들 공부하고 있어요. 저렇게 되고 싶다, 아무 생각 없이 공부하고 싶다, 가을을 슬퍼하는 일 따위는 내 몫이 아니야, 라는 생각을 해도 슬픔은 깊어만 갑니다. 제 가슴속에는 고향과 도쿄가 뒤엉켜 있어요. 게다가 이제 곧 졸업해야 하는데, 졸업이 또 하기 싫어서, 언제까지나 기숙사에 있고 싶고, 2년만 더 있고 싶고, 어수선한 세상에 나가고 싶지 않네요. 제가 지금 2학년이고, 여전히 미야모토 선배 같은 기숙사 방장이 있어서, 무심히 공부만 하고 싶습니다. 하지만 세월은 성큼성큼 흘러가요. 체격이 점점 좋아집니다. 여긴 빨리 졸업하고 싶다고 생각하는 녀석들뿐이고, 저를 가여워하는 이는 한 사람도 없습니다.

지금은 마침 자습 세 시간째입니다. 기억하시죠, 밤에 세 시간 동안 자습하면서 있었던 일을…….

기숙사는 다 똑같습니다. 잘 돌아가고 있어요. 한 올의 흔들림도 없음을, 저는 더할 나위 없이 기뻐하고 있습니다. 작년이나 재작년 같은 일이 있었다면 더는 기숙사에 있고 싶지 않았을 거예요.

국화가 활짝 피었습니다. 큰 봉오리가 가득합니다. 훌륭한 국화예요. 제 기숙사 방에 국화 화분을 다섯 개 가져와서 늘 즐겁게 물을 주고 있어요.

# 17

(1920년 3월 15일 자, 세이노의 편지에서.)

가엾고 불행한 저를 용서하세요. 그러나 저의 벗으로 서, 단 한 사람의 벗으로서, 미야모토 선배를 들이겠습니 다. 오래도록 저의 벗으로 남아 주세요. 히라타 선배나 그 밖의 다른 사람하고도 절교입니다. 하지만 미야모토 선배 가 히라타 선배와 같은 마음이라면 어떨까요. 저는 히라 타 선배에게도 편지를 썼습니다. 아무런 답장도 오지 않았 습니다. 역시 제가 믿었던 방장님 말고는 저를 벗으로 대 해 주는 사람은 없었습니다. 불행한 저를 언제까지나 벗으 로 삼아 주세요. 형제라고 생각해 주세요. 제가 이제껏 만 난 친구 가운데 저를 다정하게 사랑해 준 이는 없었습니다. 딱 한 사람, 방장님만을 믿고 있었습니다. 아아, 저의 진정 한 벗은 이제 미야모토 선배 단 한 사람입니다. 단 한 사람 의 벗을 저는 믿습니다. 이 세상에는 모조리 불성실한 사 람뿐이라고 저는 포기했습니다. 아무튼 저는 한 사람의 벗 과 함께, 그 벗을 지팡이로도 기둥으로도 여기며 살아가겠 습니다. 부디 저의 불행을 가여워해 주십시오.

저는 무사히 졸업했습니다. 제가 있을 곳은 아직 정해 지지 않았습니다. 정착하면 연락드리겠습니다.

이 편지에 세이노의 주소는 없다. 나의 소재지는 제1고등학교 다다미 기숙사 10호실이라고 적혀 있다.


(1920년 4월 8일 자, 세이노의 편지에서.)

……3월 8일, 기숙사를 나온 뒤로 하루하루 우울하게 보내고 있습니다. 가로수에 벚꽃이 피는 봄날 따스함과 함께, 기분이 완전히 새롭게 되살아난 듯합니다. 마음 깊은 곳에서 즐거운 기분이 샘물처럼 샘솟습니다. 폭포 소리, 바람 소리, 그 모든 게 저를 즐겁게 합니다. 제가 이제껏 맛본 그 어떤 즐거움보다도 훨씬 더 높이 솟은 즐거움입니다. 제가 전에 즐거움으로 삼았던 것은 사진의 현상이나, 유리창 밖으로 멍하니 세상을 바라보는 것이었으나, 지금은 취향이 완전히 달라졌습니다. 그저 폭포 소리에 마음을 빼앗겨 솔바람을 연모하고 신유[36]를 탐독하는 일이 세상 무엇보다 즐거우며, 이런 하늘과 땅 사이에 살면서 어째서 하루하루 염세적인 기분을 느끼는지 이해할 수 없습니다. 제 이 몸은 아버지와 어머니와 선조로부터 물려받은 선물인데, 어떻게 하루가 불쾌할 수 있을까요. 저는 깨달았습니다.

36    오모토교의 경전.

저는 깨달았습니다. 모든 게 즐겁고, 모든 게 저를 맞이하는 것처럼 보입니다. 아아, 저는 이제껏 사람들과의 관계로 인해 몹시도 번민하였습니다. 지금 거대한 자연을 마주하며, 인생의 인생다운 일생을 안심입명[37] 할 수만 있다면, 이보다 더 큰 바람은 없습니다. 지금은 어떠한 욕구도 고민도 없습니다. 그저 되어 가는 대로 흘러가는 대로 파도에 몸을 맡기고 대자연과 하나가 되는 것, 그 이상의 바람은 없습니다.

짐승과도 같은 세상, 인간은 한 사람도 없습니다. 진실한 사람이 없습니다. 물질문명이 발달하면 할수록, 인간의 마음은 짐승에 가까워집니다. 저는 진실한 일본 혼을 가진 훌륭한 인간 혼을 원합니다. 그리고 이 세상 사람 모두가 짐승의 지배 아래 놓이지 않기를 원합니다. 그것 말고는 없습니다.

미야모토 선배, 세상을 싫어하던 제가 이런 생각을 갖게 되었습니다. 기뻐해 주십시오.

아라시산 벚꽃은 만개했습니다만, 가까이 있으면서 한 번도 보러 가지 않았습니다. 물소리에 맞춰 피리를 불고 있습니다. ……꿈의 노래

---

37    불교에서 본인의 불성을 깨닫고 삶과 죽음을 초월하여 어떠한 번뇌에도 흔들림 없이 마음의 평안을 얻음을 이르는 말.

| | |
|---|---|
| 어젯밤 보았네 늘 꾸던 꿈을 | 허공을 하늘에 깨부수고 |
| 세월을 양손에 늘어뜨린 채 | 잠시 우주를 들여다보니 |
| 세계가 끊임없이 순환하다가 | 나의 눈에 들어온 지구 한 조각 |
| 서로 동으로 남으로 북으로 | 나라와 나라가 서로 갈라져 |
| 한바탕 치열하게 다투는 와중에 | 이래서는 안 된다고 일본 손가락으로 |
| 가만히 머리를 억누르면 | 사대양 오대주 모두 잠잠해지며 |
| 마침내 나의 손을 잡았다 | 미로쿠 신정(神政) 만만세 |

길어졌네요. 이쯤에서 실례하겠습니다. 사진이 있으면 한 장 보내 주시길.

이 편지에서 세이노의 주소는 가미사가 신사로 되어 있다. 그리고 그 다음다음 해 세이노의 편지가 한 통 있다.

(1922년 10월 24일 자, 세이노의 편지에서.)

건강하시다니 대단히 기쁩니다. 한참 연락을 드리지 못해 뭐라 죄송하다는 말씀을 드려야 할지 모르겠습니다.

군대를 다녀와서도 폭포에 있습니다. 여전히 신을 모시며 살고 있습니다. 신앙은 스스로 깨닫는 것 외에 다른 길이 없습니다. 저도 이런저런 상황에서 신의 마음이 담긴, 깊디깊은 자애를 비로소 실전에 알리고 있습니다. 저는 신 없이 살 수 없는 몸입니다. 어쩐 일인지 오늘도 간페이대신사[38] 신관으로부터 제발 와 달라는 편지가 와서 한 번쯤 갈까, 생각 중입니다. 저를 불러 주시는 것만큼 감사한 일은 없습니다. 저는 한평생 신께 봉사하는 사람으로서 저의 천분을 다할 생각입니다.

저는 저대로 신으로부터 위대한 사명을 받은 몸이라는, 어떠한 깊은 깨달음을 얻었습니다. 언젠가 저를 만나게 될 날이 올 겁니다. 그때 우리 두 사람은 어떻게 되어 있을까요.

지금은 집필 중이십니까. 어느 잡지사에라도 출근하고 계십니까. 자세히 알려 주세요. 고이즈미 군이 도쿄로 갔다니 참 잘된 일입니다. 두 분이 재회할 때 저도 만나고 싶습니다만…… 오랜 시간 주소를 몰랐던 게 아쉽습니다.

신의 뜻대로 저를 이끄소서.


이 편지는 혼고 센다기초 하숙집으로 보내왔다.


---

**38** 정부에서 공물을 봉납하던 신사로 제2차 세계대전 후 폐지되었다.

나는 1920년에 고등학교를 졸업했다. 세이노가 마지막 편지를 보낸 1922년에 나는 스물네 살, 〈유가시마에서의 추억〉을 쓴 해다. 가미사가로 세이노를 찾아간 게 전전년, 스물두 살 여름이었다. 나는 스물세 살 봄에 동인잡지 〈신사조〉를 내고, 그해 열여섯 살의 소녀와 결혼하려고 했다.

세이노는 중학교를 졸업하고 1년 동안 군대에 다녀온 듯하다. '언젠가 저를 만나게 될 날이 올 겁니다. 그때 우리 두 사람은 어떻게 되어 있을까요.' 세이노의 마지막 편지에 쓰여 있지만, 사가의 숲속으로 찾아간 뒤로 지난 30년 동안 나는 세이노를 만난 적이 없다. 그러나 감사한 마음은 쭉 갖고 있다.

나는 지금 이 〈소년〉을 썼기에, 〈유가시마에서의 추억〉과 오래된 일기와 세이노의 옛 편지를 모두 소각한다.

# 해설

## 어느 고독한 소년의 발자국

소년은 눈먼 할아버지와 단둘이 살았다. 젊은 시절 호방하게 세상 곳곳을 누비던 할아버지는 이제 퀴퀴한 다다미방에 누워, 손자에게 책을 읽어 달라고 부탁하는 일 외에는 별다른 즐거움이 없다. 소년은 할아버지의 이부자리 곁에서 책을 펼쳤다. 곧이어 소년의 낮고 잔잔한 목소리가 들려왔다. 낭독이 시작되었다. 눈앞에서 사무라이의 칼날이 쩽쩽 사납게 부딪히고, 아름다운 여성의 목덜미가 기모노 옷깃 뒤로 백합처럼 드러나며, 김이 모락모락 나는 깊은 산속 온천에서 동반자살 직전의 젊은 남녀가 눈물의 마지막 밤을 보냈다. 할아버지는 울기도 하고 웃기도 하며 소년이 읽어 주는 이야기에 귀를 기울였다. 볼 수 없는 세상이 보이는 듯했다. 보이지 않던 것들이 끝도 없이 펼쳐졌다.

글도, 문장도, 결국은 소리로 인간에게 전해진다는 것을, 소년은 그때 알았다.

연약한 인간에게는 이야기가 필요하다는 것도, 그때 알았다.

소년의 이 경험이 훗날 개성적인 문체를 완성하는 밑거름이 되었다.


'나는, 귀로 들어서 의미가 전달되지 않는 문장에 반대한다. 눈으로 봐야 뜻을 알 수 있는 숙어가 많은 문장에 반대한다. '쓰는 언어'에서 '말하는 언어'로 다가가야 한다.'

'다시 말해, 소리 내어 읽어서 통하는 문장이, 가장 이상적이라고 생각한다.'[1]


할아버지가 돌아가시자, 소년에게 남은 것은 소리 없는 글자뿐이었다. 공허가 메아리쳤다. 들어 줄 사람이 없었다. 읽어 줄 사람이 없었다. 무엇으로 이 쓸쓸하고 황량한 내면의 들판을 채울까. 소년은 일기를 썼다. 편지를 썼다. 책을 샀다. 책을 사고 또 샀다. 서점에 진 빚이 어마어마했다. 소년을 떠맡게 된 외삼촌은 크게 화를 냈다. 이 녀

---

1   가와바타 야스나리의 문장, 《川端康成—孤独を駆ける》, 十重田裕一, 岩波親書, 2023에서 재인용.

석아, 책은 먹을 수 있는 것도 아닌데, 입에 풀칠하기도 어려운 상황에 외상으로 책을 사 재끼는 놈이 세상천지 어디 있느냐! 아닌 게 아니라 소년의 책 사기에는 병적인 데가 있었다. 《문장 일기》라고 이름 붙인 소년의 일기를 펼쳐 보면, '지금 나에게 가장 큰 고통이자 공포는 할아버지가 돌아가시고 외삼촌 댁에 더부살이하는 와중에 가방 속에 쌓여 가는 서점의 책값 청구서다. 연말에 연체된 대금 독촉장이 날아와 서점마다 정중하게 사죄의 편지를 보냈다. 근데 얼마 못 가 서점에 진 빚이 100엔이나 된다는 사실이 외삼촌 귀에 들어갔다.'[2]라고 되어 있다.

당시에는 서점에서 새 책을 외상으로 가져가고 연말에 합산 결제할 수 있었다. 소년은 수중에 돈이 없으면서도 백과사전이고 서양철학 인문서고 문학 전집이고 신간 문예지 같은 것들을 사들이지 않을 수 없었다. 소년의 어머니는 죽기 전에 아들 앞으로 유산을 조금 남겼는데, 여러 사업에 손을 댔다가 실패한 전력이 있는 소년의 친할아버지가 미덥지 못해서 친오빠에게 돈을 맡겼다. 이 외삼촌이 그 돈으로 다달이 소년과 할아버지를 지원했지만, 이는 식비를 해결하기에도 빠듯한 수준이었다. 결국 할아버

<hr>

2    《川端康成全集 補卷1―日記 手帖 ノート》, 新潮社, 1984.

지는 타계하면서 40엔가량의 빚을 남겼는데, 열여섯 살의 손자가 서점에 진 빚은 그 돈의 두 배가 더 되는 금액이었다.[3] 그즈음인 1915년 2월 4일, 소년의 일기를 보자.

'어제 학교에서 돌아와 있었던 일이다. "야스나리, 너는 이제 앞으로 서점에 발길을 딱 끊도록 해라." 외삼촌의 말에 나는 "예."라고 대답할 수밖에 없었다. 어른들은 내가 책을 사는 데 돈을 얼마나 많이 썼는지 알고 뒤로 넘어갈 만큼 놀랐고, 앞으로는 교과서 외의 책은 일절 사지도 말고 읽지도 말라는 훈계를 들어야 했다. 서점 주인들에게도 내가 나타나면 책을 주지 말라고 했단다. 그러면서 외삼촌은 한쪽 팔을 테이블에 괴고 이렇게 말했다. "다음 달부터는 너를 기숙사에 보내기로 했다." 나는 그저 짧게 "네."라고 했을 뿐 딱히 질문도 하지 않았다. 외삼촌이 왜 그런 결정을 내렸을까 혼자 생각해 봤다. 하나는 이 집 식구들이 나와 같이 사는 걸 싫어해서. 다른 하나는 내가 책 사는 데 돈을 너무 많이 쓰니까 기숙사로 보내 버리고 매달 몇 엔 정도 정해진 학비만 보내면 비용이 절감되니까. 나는 후자라고 생각했다. 독서를 자유롭게 하지 못한다면

---

3   《評伝 川端康成の青春—日記に見る青春の川端康成像》, 黒崎峰孝, ブイツー ソリューション, 2024.

나는 얼마나 괴로워질까. 이 집에 있는 게 답답해 미칠 지경이리라. 차라리 기숙사로 가게 되었으니 오늘부로 내 생활은 더 자유로워지겠구나 싶었다.'[4]

소년은 훗날 작가가 되어 여윳돈이 생기자, 자신이 살던 마을 가마쿠라에 도서 대여점 가마쿠라 문고를 설립한다. 아마도 어린 시절 읽고 싶었던 책을 마음껏 읽지 못한 마음이 반영된 것이리라. 소년의 이름, 가와바타 야스나리. 1899년 6월 14일, 오사카와 교토 사이의 작은 도시인 이바라키에서 태어났다. 간사이 사람이다. 죽을 때까지 어미에 사투리가 섞여 있었다고 한다. 이바라키 지역 개인병원 의사였던 아버지는 그가 세 살 때 병으로 죽고, 어머니도 이듬해 죽었다. 하나뿐인 누이는 다른 집에 맡겨졌다가 얼굴도 잘 모른 채 죽고, 할머니도 소학생 때 죽고, 할아버지도 중학생 때 죽는다. 모두 지병으로 사망했다. 대대로 허약한 집안이었다. 열다섯 살의 소년은 이미 가족들의 무덤 한가운데 서 있었다. 고독, 끔찍한 고독이 밀려왔다. 이 넓은 세상에 제 편이 아무도 없다고 생각했다. 그나마 유일한 위로였던 독서마저 외삼촌 집에서 금지 처분을 당하

4    《川端康成全集 補巻1—日記 手帖 ノート》, 新潮社, 1984.

자, 내쫓기듯 기숙사로 보내진 게 그나마 다행이라고 생각한다.

그렇게 원래 통학하던 이바라키 중학교에서 3, 4, 5학년 과정을 사춘기 남학생들로 가득한 기숙사에 살게 된다. 일기와 편지는 계속 썼다. 책도 마음껏 읽었다. 이 책 《소년》은 그 시절 가와바타의 일기와 편지와 독서 기록과 작문과 회상이 마구 뒤섞인 자전적 소설이다. 그런데 잠깐, 이걸 소설이라고 할 수 있을까? 이건 마치 어린 시절 글을 모아 놓은 상자를 열어, 그 안에서 마음에 드는 문장을 이리저리 꺼내 퀼트처럼 이어 붙인 듯하다. 이 조각 글 가운데 가장 뼈대가 되는 이야기는 같은 기숙사에서 만난 아름다운 후배 세이노와의 인연이다.

1916년 12월 14일. 목요일. 흐린 뒤 비.
기상 종이 울리기 조금 전에 소변을 보러 갔다. 추워서 몸이 덜덜 떨렸다. 침상으로 들어가 세이노의 따뜻한 팔을 잡고, 가슴을 끌어안고, 목덜미를 껴안았다. 세이노도 잠결에 내 목을 세게 끌어안고 내 얼굴 위에 자기 얼굴을 포갰다. 내 뺨이 세이노의 뺨에 겹치고, 나의 마른 입술이 세이노의 이마와 눈꺼풀로 떨어졌다. 내 몸이 대단히 차가운 게 안타까운 모양이었다. 세이노는 가끔 무심히 눈을 뜨더니 나의 머리를 꼭 끌어안았다.

《소년》의 5장 부분이다. 1915년 봄부터 네 명이 함께 쓰는 기숙사에서 생활하게 된 야스나리는 중학교 4학년이 된 1916년 봄부터 방장이 된다. 그리고 1916년 4월, 나이는 한 살 어리지만 집안 사정과 투병 생활로 늦게 학교에 들어와 학년으로는 3년 후배인 소년이 입학해, 야스나리가 방장으로 있는 기숙사에서 같이 살게 된다. 이름은 오가사와라 요시히토. 작중에서 세이노라고 불리는 소년이다. '오가사와라는 이런 여자를 아내로 맞이해도 좋겠다는 생각이 들 정도로 온화하고 대단히 순수한 소년이었다.'[5] 야스나리의 중학 시절 일기에는 세이노의 모델이 된 인물에 대한 묘사가 남아 있다. 일본의 신종 종교인 오모토교를 믿는 것도 실제와 같다. 오가사와라 집안 식구가 진지하게 이 종교에 심취한 것은 야스나리가 이바라키 중학교를 졸업하고 도쿄의 고등학교로 떠난 뒤였다.

너의 손가락을, 손을, 팔뚝을, 가슴을, 뺨을, 눈꺼풀을, 혀를, 치아를, 다리를 애착했다.

---

5    《川端康成全集 補巻1―日記 手帖 ノート》, 新潮社, 1984.

나는 너를 사랑했다. 너도 나를 사랑했다고 해도 좋다.


《소년》의 6장 부분이다. 작중 미야모토 선배가 실제 야스나리처럼 도쿄의 제1고등학교로 떠난 후 세이노에게 보낸 편지인데, 책에는 차마 당사자에게 보내지 못하고 작문 수업 시간에 과제로 제출했다고 나와 있다. 이쯤 되면 독자들은 혼란을 느끼리라. 이 일기며 편지며 작문은 모두 진짜일까? 화장실에 다녀와 몸이 덜덜 떨리는 미야모토는 가와바타 야스나리이고, 그런 선배를 따뜻하게 안아 주는 세이노는 오가사와라 요시히토일까? 후배의 치아마저 애착한다는 로맨틱한 편지를 열일곱 살 가와바타 야스나리가 고등학교 작문 수업에 제출했다는 말인가? 그게 아니라면 이 모든 것이 쉰 살의 가와바타 야스나리가 소설 《소년》을 쓰며 지어낸 건가? 이게 다 거짓말이라면 도대체 작가는 왜 이런 짓을 한단 말인가. 가짜 일기, 가짜 편지, 가짜 작문을 이렇게까지 정성스럽게 만들어 낼 리가 없지 않은가. 그렇다면 이건 소년 가와바타의 문장을 중년 가와바타가 가져와 편집만 했다는 건가. 헷갈린다. 진짜와 가짜가 정교하게 섞여 있으니, 가짜도 다 진짜 같고 진짜도 다 가짜 같다.

바로 이런 스타일이 당시 일본 문단에서 크게 유행했

다. 다자이 오사무의 《인간 실격》과 미시마 유키오의 《가면의 고백》과 가와바타 야스나리의 《소년》이 모두 1948년에 집필되었다. 세 작품 모두 작가 자신의 실제 유년과 사춘기 시절 고민이 정교하게 투영되어 있어서, 독자로 하여금 '작품 속 주인공=작품을 쓴 작가'라는 환상을 품게 만든다. 작가가 직접 겪은 과거 일들과 그 당시 느낀 심경, 추억, 감상이 작품의 큰 뿌리가 되어, 마치 소설 속 모든 일들이 진짜 있었던 이야기인 양 독자를 끌어들인다. 그러나 이는 다분히 작가의 의도이며 독자들을 작품으로 끌어들이기 위한 장치다. 다자이는 수기의 형식으로, 미시마는 고백의 형식으로, 가와바타는 일기의 형식으로 썼고, 소재의 디테일이 구석구석 작가 자신의 것이기에 소설이 작가의 육체에 더욱 밀착되어 보였다. 이 시기 작가들은 일본이 아직 군국주의에 물들기 전, 자기의 개인적이고 내밀하고 은밀한 이야기를 써내던 자연주의 사소설 시대를 새롭게 펼쳐 나가고 있었다. '작가가 곧 주인공'이었던 과거 정통 사소설의 수혈을 받으면서도, 각자의 실험적인 스타일로 문체를 완성해 가는 과정에 있었다. 1948년 11월 2일, 미시마 유키오는 가와바타 야스나리에게 이런 편지를 보낸다.

'처음으로 자전소설을 쓰고 있습니다. 가제는 《가면의 고백》인데, 보들레르가 스스로 사형수이자 자기의 사형집행인이 되고자 했던 이중의 결심과 비슷한 자세로 자기 해부를 시도하고자 합니다. 제가 믿었다고 믿었고, 또 독자의 눈에도 제가 믿는 것처럼 보였던 아름다움의 신을 목 졸라 죽인 뒤, 그 위에 아름다움의 신이 다시금 부활하는지 어떤지를 시험해 보고 싶습니다. 이 작품을 읽고 더이상 제 소설을 읽지 않겠다고 나서는 독자가 나타날지도 모르겠지만, 저로서는 큰 결심으로 글을 씁니다. 이 작품을 "아름답다"라고 말해 주는 사람이 있다면, 그 사람이야말로 저를 가장 깊이 이해하는 분일 것입니다.'[6]

《소년》은 미시마가 《가면의 고백》에서 자기 안의 동성애적 심리를 끄집어내며 실제 작가의 성적(性的) 해부를 시도하기 위해 고군분투하던 무렵 이미 발표되고 있었다. 가와바타는 과거 도서 대여점으로 설립한 가마쿠라 문고를 패전 이후 출판사로 탈바꿈시켰고, 여기서 발행하는 문예지 《인간》에 1948년 봄부터 《소년》 연재를 시작했다. 5월호에 1장부터 2장 부분이, 8월호에 뒤이은 2장,

---

6    《川端康成 三島由起夫 往復書簡》, 新潮文庫, 2000.

3장, 4장, 5장, 6장이, 9월호에 7장, 8장, 9장이, 10월호에 10장, 11장, 12장 부분이, 12월호에 뒤이은 12장, 13장이, 이듬해 3월호에 14장, 15장 부분이 발표되었고 한참 후인 1952년 9월이 되어서야 뒤이은 15장, 16장과 17장이 《가와바타 야스나리 전집 제14권》에 수록되었다. 《소년》의 발표가 이렇게 일정하지 않았던 이유는 적자를 면하지 못하고 있던 가마쿠라 문고가 제대로 책을 발행하기 어려웠기 때문이다. 발행인인 가와바타는 자신의 글을 발표하고 무명이던 작가 미시마를 발굴하는 등 지면으로서의 역할에 최선을 다했지만 역부족이었다. 결국 《인간》은 폐간되고 《소년》의 뒷부분은 몇 년 뒤 대형 출판사인 신초샤에서 전집이 발행되면서 처음으로 수록되었다. 《인간 실격》의 경우는 1948년 봄부터 집필이 시작되어 첫 번째 수기와 두 번째 수기, 세 번째 수기가 각각 치쿠마에서 발행하는 문예지 《전망》 6월호, 7월호, 8월호에 실렸다. 이들 세작가는 자살을 선택했다는 공통점이 있는데, 아무튼 모두 비슷한 시기에 각자 나름의 방식으로 자기 해부를 시도했으며, 《소년》은 그중에서도 일반 소설과 거리가 먼 가장 실험적인 작품이었다.

20세기 초 일본에서 한창 사소설이 인기를 구가하던 시절에는 아무리 소설이라도 진짜가 아니면 가치가 없다는 분위기가 있었다. 일본어로 나(와타시)를 뜻하는 사사로울 사(私) 자를 써서 사소설(私小說)이라고 부른다. 그들은 서양의 자연주의 소설 문법을 받아들이면서, 이를 작가가 진짜 겪은 실제 이야기를 있는 그대로 세밀하게 써 나가는 형식으로 변형 발전시켰다. 대표적인 자연주의 작가로 조카를 사랑한 시마자키 도손, 제자를 향한 마음을 주체할 수 없는 다야마 가타이, 아버지와 불화로 괴로워하는 시가 나오야 등이 있다. 이 작가들은 자신에게 일어난 일을 눈에 보일 듯, 손에 잡힐 듯 사실대로 써 내려가며 순문학 사소설이라는 예술의 화려한 장을 열었는데, 이는 전통적으로 와카나 하이쿠와 같은 뿌리 깊은 시가 문예가 시인의 눈앞에 펼쳐진 자연, 우주, 인간을 자신이 보고 느낀 그대로, 어떠한 거짓도 없이 순수하게 노래하는 데 높은 가치를 둔 점과 깊은 연관이 있다. 일본이 근대 들어 서양의 자연주의 소설을 받아들이면서, 특유의 진짜 자기를 고백하는 사소설 장르를 정착시킨 데에는 이런 시적 뿌리의 영향을 생각해 볼 수 있다.

사소설이라는 아주 철저한 자기 고백의 문체를 읽으며, 나도 언젠가 이런 작가 되고 싶다고 동경하며 성장한 전후 작가들은, 이처럼 사소설 스타일이 가미된 진짜인 듯 진짜가 아닌 자기 이야기를 써 내려갔고 이는 예술이 화려하게 꽃피던 지난 시절을 그리워하는 패전 이후 일본 독자들에게 큰 환영을 받았다. 아울러 동시에 혼란을 주기에도 충분했다. 이 이야기는 진짜인가? 작가가 실제로 한 경험인가? 그러나 이 무렵 작가들은 정통 사소설 작가들의 문법을 쓰면서도, 이를 흡수하고 변형하여 거의 진실에 가까운 허구를 그리며 자전적 소설을 써냈다. 이는 전후 일본 문단에 나타난 매우 독특한 작풍이다. 《소년》은 이런 배경에서 태어난 진짜를 베이스로 한 꾸며 낸 소설이지만, 일기와 편지와 습작 등을 이어 붙인 기법 때문에 지나치게 감쪽같이 진짜처럼 보인다. 사실 그 점이 다른 두 작품에 비해 이 소설의 재미를 반감시킨 부분이기는 해도,《소년》의 만들어 낸 일기, 만들어 낸 편지, 만들어 낸 습작은 '날 것 그대로의 포즈'를 가장 잘 보여 주는 문체이기도 하다. 가와바타는 당시 여러 글쓰기 방법을 모색하는 와중에 하나의 방식으로서 이와 같은 새로운 스타일에 도전했으며, 이 책에 계속해서 등장하는 《유가시마에서의 추억》이라는 원고도 실제로 존재했는지 어떤지 알 수 없다. 소설의 마지막에 습작 원고와 편지와 일기를 모두 불태운다는 말도 다분히 진짜 같은 거짓일 가능성이 높다.

끝으로 어느 고독한 소년의 발자국을 따라 걷는 작품과도 같은 《소년》이 어떤 소설이냐고 누군가 내게 묻는다면, 본문 12장에 실린 짤막한 시 한 편으로 답을 대신하고 싶다. 이미 흘러간 시절의 작가 '가타이'의 이름을 제목으로 가져와 일기 속에 슬쩍 끼워 넣은 글인데, 아마도 쉰 살을 앞둔 가와바타는 실제로 이런 기분을 느끼고 있었던 게 아닐까 싶다. 그리고 나도, 지금 귓가에, 맴도는 이 소리. 당신도 들리는가? 일기는, 편지는, 짤막한 작문은, 모두 시간이, 시절이 흘러가는 소리다. 책을 읽는다는 것은 그 시절의 소리에 귀를 기울이는 일이며, 지금도 이 시절의 소리는 기록되고 있다. 그러므로 흐르지만 영원히 남는 것. 그것이 책의 소리, 글의 소리, 소설의 소리다.

시절은 흐르고 있다.
흐르는 시간 소리가 분명히
느껴진다.
저 소리다.
저 소리다.


그 소리에 귀를 기울이며
정수윤

**옮긴이 정수윤**

경희대학교에서 수학과 국문학을 복수전공하고 와세다대학교 대학원에서 일본 근대문학 석사 학위를 받았다. 역서로 다자이 오사무 전집 《만년》, 《신햄릿》, 《판도라의 상자》, 《인간실격》, 나쓰메 소세키 《도련님》, 미야자와 겐지 《은하철도의 밤》, 《봄과 아수라》, 미시마 유키오 《금색》, 《나쓰코의 모험》, 다와다 요코 《지구에 아로새겨진》, 《태양제도》 등이 있으며, 저서로 소설 《파도의 아이들》, 동화 《모기소녀》, 산문집 《날마다 고독한 날》, 《한 줄 시 읽는 법》이 있다.

# 소년

**초판 1쇄 발행** 2025년 2월 26일

**지은이** 가와바타 야스나리
**옮긴이** 정수윤

**펴낸이** 안병현 김상훈
**본부장** 이승은   **총괄** 박동옥   **편집장** 박윤희
**책임편집** 김보성   **디자인** 서윤하
**마케팅** 신대섭 배태욱 김수연 김하은 이영조   **제작** 조화연

**펴낸곳** 주식회사 교보문고
**등록** 제406-2008-000090호(2008년 12월 5일)
**주소** 경기도 파주시 문발로 249
**전화** 대표전화 1544-1900 | **주문** 02)3156-3665 | **팩스** 0502)987-5725

**ISBN** 979-11-7061-225-4 (03830)
책값은 표지에 있습니다.